freedom letters

I0746042

№ 105

Игорь Наровский

Смеющийся красный

Freedom Letters
Рига
2024

freedom
letters

Сайт издательства freedomletters.org
Телеграм-канал freedomltrs
Инстаграм freedomletterspublishing

Издатель *Георгий Урушадзе*
Редакторка **** ******
Технический директор *Владимир Харитонов*
Метранпаж *Чеслав*
Корректор ***** ******

Наровский И. Смеющийся красный. — Рига : Freedom Letters, 2024.

ISBN 978-1-77968-005-1

Профессия доктора-клоуна существует на стыке клоунады и терапии. Доктор-клоун может внести лёгкость в самую безнадёжную ситуацию и научить человека заново улыбаться. С начала полномасштабной войны в Украине клоун Робин работает в центрах для беженцев и переселенцев, в больницах и бомбоубежищах. Он стремится помочь людям найти силы жить, несмотря на весь ужас происходящего.
Эта книга — документальное свидетельство победы игры над страхом и болью утраты.

Я попытался пролить немного света
на тень человека, пораженного своей
болью.

Марсель Марсо

Пришлось ему вернуться на землю и жить.

Орфей и Эвридика («Мифы Древней Греции»)

ОРФЕЙ

КРУГ ТРЕТИЙ

I

Автоматические стеклянные двери в Круг Третий растворялись в 8:00 и снова возникали только по окончании рабочего дня. Поток людей через них не прерывался. С раннего утра тени выстраивались в чёрную супрематическую линию и, оторванные от пространства заснеженной площади, безмолвно стояли в очереди к распахнутой двери, за которой они могли вернуть себе имя и место — если не в жизни, то хотя бы на бумаге.

Ад начинался с югендстиля. Посольство Нового Мирового Зла скрытой насмешкой присутствовало на одной площади с центром беженцев. Ад любовался на порождённый им хаос.

Над онемевшей очередью, словно пробив головой тёмную тучу курток, возвышался огромный человек. Он стоял позади щуплой женщины в сером. Его тяжёлые, безжизненные руки были взвалены на её плечи, как два мёртвых тела. Тень великана, выбитая холодным солнцем, падая, придавливала снег. Даже его тень была тяжелее камня.

Боясь быть вбитым по шею в гранитную площадь, я преувеличенно высоко, словно перешагивая из одной грани мира в другую, вскинул ногу и большим чаплинским ботинком шагнул в очередь.

— Я где-то уже встречал ваши руки, — обратился я к великану. — Вы позволите? — Я тронул фалангу его указательного пальца. — Точно! На «Сотворении Адама».

Плечи женщины передёрнулись неслышным, внутренним хохотком. Великан, не поворачивая ко мне головы, перекатил на меня свои тяжёлые глаза-валуны, осмотрел с головы до ног и вновь уставился на далёкие двери. Его нисколько не удивило присутствие в Круге Третьем клоуна.

Чувство беспомощности и поражения. Уйти?

Казалось, все кругом только и делают, что смотрят. Будто площадь превратилась в глаза. Опасаясь поверить в это, я старался не оглядываться. Терять было нечего. Я встрепенулся, как краснопёрая зарянка и стал порхать, щебетать вокруг великана, стараясь отозваться в нём хотя бы собственным эхом. Однако все мои усилия глушились в его душе, словно эхо в комнате, обитой звукоизоляцией. Я скользнул великану за спину и взялся за безмолвные плечи. Это были плечи не человека, но атланта. Тяжёлые, жёсткие, замершие. Он скинул мои руки — неподвижностью, ужасной тишиной собственного отсутствия. Он был недосягаем для внешнего мира.

Я заметил в его правой руке прозрачную канцелярскую папку с документами.

— Этот Посейдон, — кивнул я на паспорт с золотым трезубцем, — прошёл через колоссальные испытания. Он имеет право расслабиться. — И, утратив всякий инстинкт самосохранения, я взял в руки шершавую ладонь великана и сжал ею синюю спинку паспорта.

Великан гыгыкнул, повернулся ко мне и, будто атлант, обнаруживший за спиной колонну, нелепо улыбнулся. Его улыбка была как ветхозаветное явление: мне улыбнулся камень.

«Миллион беженцев», «два миллиона», «четыре», «восемь». В таком порядке чисел невозможно сбиться со счёта, потому что невозможно сбиться, округляя сотни до сотен тысяч. Время, когда над человеком возобладало число.

«Третий», «восьмой», «семнадцатый» — звучали номера талонов с разных концов холодного холла. Женщины хватали детей за руку и протискивались через толпу на голос. Здесь «третий», «восьмой» и «семнадцатый» обретали имя и статус — статус беженца. Как будто только зафиксированный на бумаге ад давал возможность устроить детей в школу, получить социальное пособие и бесплатный проезд в городском транспорте.

Детям в Кругу Третьем были отведены игровая комната и кинозал. Оба пространства пустовали — матери старались не разлучаться с детьми.

Одетый в красный пиджак я стоял посреди беломраморного зала с колоннами. Тесный, не по размеру, бархат пиджака стягивал лопатки, выпирая вперёд грудь в воздушном жабо. Ко мне были прикованы взгляды теней. Они словно выглядывали из тёмных комнат, чтобы посмотреть на севшую на подоконник птицу. Я оказался пойман в клетку их ожиданий: «ну, весели нас». Я медлил. И с каждой секундой моего промедления решётки этой клетки гнулись и расползались в стороны, открывая фантазии возможность выпорхнуть на свободу. Уязвимость разгибала металлические прутья. Люди забывали, чего ждут. Это давало нам возможность встретиться. Они просто смотрели на клоуна, и уже никто не знал, что должно произойти. Это новое качество незнания: многообещающая неизвестность рождала в людях смех. Смех узнавания себя в другом — «я также растерян», смех преодоления себя через другого — «я справляюсь». Клоун стал живым зеркалом для парализованной души.

Я облетел несколько кругов под белоснежными сводами: здесь встал в очередь, ожидая несуществующего номерка; тут взбил похожую на подушку куртку и уснул на плече женщины; там защебетал под музыку из наушников, за что получил от девушки-подростка значок "Weekend is coming". Я кружил среди теней, высматривая тех, кто особенно нуждался в маленькой красногрудой птичке на подоконнике.

Тени мужчины, его матери, его жены и сына стояли возле высокой мраморной колонны — молча, лицом друг к другу, образовывая сомкнутый круг. Именно это странное, поглощающее молчание бросилось мне в глаза.

Бывают люди-невидимки. Они могут жить с тобой в одном подъезде, ходить с тобой в один офис, даже ехать в одном лифте, но ты не обращаешь на них внимания и никогда не узнаешь их имён. Что-то внутри их надломлено — что-то, что делает их полупрозрачными, неосязаемыми для внешнего мира. Внимание клоуна натренировано замечать таких людей. Видеть их — такой же навык, как слышать в словах человека о чём он умалчивает.

Я постучался в их круг. Тени расступились, и я вошёл, стал его частью. Молчание — стежок за стежком — намертво сшило рот. В кругу отчаянно не хватало места, хотелось глубоко вдохнуть, но я не мог: грудь сдавило отсутствие пространства. Взяв стоящих рядом женщин за руки, я шагнул назад. Между нами образовалась пустота, которая тут же заполнилась светом. Это неожиданное изменение отразилось и в нас. Женщина слабо улыбнулась.

— Герр Штраус, — представил я плюшевого страуса. Как сделал бы карточный шут, если бы задумал какую-нибудь комбинацию.

Вы всегда найдёте у карточного шута аксессуар: палочку, на которую насажена его же голова. Наследуя шуту, клоун играет любую отведённую ему роль, кроме своей собственной. На этот случай он носит копию себя на палочке. Герр Штраус был такой копией: я играл им себя самого, когда больше ничего не оставалось. Бог знает, чего я избежал его милостью. Герр Штраус был во всех отношениях потрёпанной игрушкой: нога его была перебинтована, шея надорвана — из неё торчал клок синтепона, — в животе пищало инородное тело, а под выпученными глазами чернели следы бесчисленных остановок сердца — детям в больнице не раз приходилось спасать его птичью душу. Ко всему прочему из-за длины и хрупкости шеи его голова постоянно валилась на бок. Но если изловчиться и балансировать ею, что с годами я освоил мастерски, Герр Штраус мог довольно долго держать клюв по ветру.

Представив Штрауса, я слегка наклонил его корпус, и игрушка упала в обморок.

— Он просто не выспался, — оправдывался я, тряся Герр Штрауса. — Вставайте, Герр! Что ж вы меня позорите на людях! Ладно, чиж с ним. Вы-то как? — обратился я к семье.

Но, видимо, не было такого языка, на котором они могли бы ответить. Не оставалось иного выхода, кроме как этот язык изобрести. Я предложил использовать положение головы Герр Штрауса как шкалу, где положение на двенадцать часов означало «абсолютное счастье», на шесть часов — «подавленность», на девять часов — «нечто среднее». Все утвердительно кивнули, когда голова Герра безжизненно повисла на «шесть».

Есть признак того, что ты теряешь свой клоунский образ: твои руки становятся мёртвыми. Заметив это у себя, я вскинул локти и захлопал красными рукавами. Впустую. Шесть, пробившие на часах, медленно поглощали меня, словно я стоял на краю осыпающейся песчаной воронки. Она затягивала меня внутрь, к центру, от которого нельзя было оттолкнуться — у воронки не существует дна. Чтобы вернуть себе клоуна — именно в нём мне виделся аварийный указатель с фигуркой бегущего человечка — нужно было сделать что-то выходящее за рамки, что-то алогичное, вывернутое наизнанку. Мне не оставалось ничего, кроме как вывернуть наизнанку собственное желание бежать. Я прильнул к руке мужчины. Она оказалась выходом. Воронка схлопнулась в точку и исчезла, как изображение на гаснущем кинескопе телевизора. Я снова стоял на твёрдой почве. Опомнившись, мужчина неловко погладил меня по голове, будто стряхивая с неё тяжёлый песок.

— Ух, — выдохнул я. — Вы меня спасли.

Мужчина улыбнулся.

— А что с Герр Штраусом? — вспомнил я про игрушку. — Его бы не мешало немного взбодрить. Чтобы стал, наконец, достойным прямостоящим господином. Может зёрнышко стресса? Но где его взять?.. Хм... Может, у вас есть чем поживиться? Лишняя щепотка.
— Этого добра у нас достаточно, — усмехнулась пожилая женщина, и два обручальных кольца на её груди звякнули друг о друга.
— И у вас? — обратился я к остальным.

Кивок.

— Да мы богаты! — вскрикнул я чуть ли не фальцетом. — Добро, стресс у нас есть. Как же нам его передать Герр

Штраусу? Давайте найдём какой-нибудь способ, — и, установив шею страуса на двенадцать часов, я приготовился отпустить руку, предоставив им самим найти способ, как удержать её в «абсолютном счастье».

После неловкой паузы, серии подмигиваний и подбадриваний с моей стороны, нащупав голос, семья обрушилась на Герр Штрауса с криком, сопровождая его жестами «удушу», «в пыль сотру».

Мысли «что я делаю, я же взрослый человек», «дома война, а я стою ору на плюшевого страуса» кляпом затыкали им рты, но тут же выплёвывались смехом. И пока их ярость продолжалась, Герр Штраус витал в «абсолютном счастье». Но стоило им остановиться, чтобы перевести дыхание или задуматься, как голова Герра безжизненно валилась на бок. Видя это, тени преодолевали себя снова — ими овладел азарт. Похоже, ради игрушки они были готовы на большее, чем ради себя самих. Их бледные лица оттаивали. Словно наступала оттепель: лёд ещё не сошёл, но уже не сковывал. Но главное уже случилось: они снова чувствовали. Люди проступали из теней, ибо тенью человека делает не ужас и боль, но неспособность их переживать.

3

В Круге Третьем мир был похож на костюм Арлекина. Скроенный из множества лоскутов, он лез нитками, рвался на части, расползался, как будто в него поместился кто-то несуразно огромный. Мир распадался на противоположности. Одни видели в нём первозданный хаос, другие же были захвачены маниакальным порядком. Эти тонули в смятении окружающего, те — в смятении внутреннего. Одни не слышали себя, другие не видели ничего вокруг. Клоун здесь был тем самым Арлекином, что сидит на разбитом крыльце и сшивает расползающиеся лоскуты мира воедино.

В дальнем углу холла бегали лёгкие, как кружево, тени девочек. Не бегали — убегали. Без оглядки, без возможности остановиться. Догоняющее их колотило в барабанные перепонки, как собственное сердце.

Если люди у высокой колонны переживали ад через замирание и оледенение, то ад этих девочек, напротив, представлял игру, которая никогда не заканчивается. Травма — это не амплитуда колебания, а скорее её отсутствие: она как маятник, зависший на одном из полюсов.

Встречаясь с пятью девочками, этими пятью ветрами, вещи мгновенно вылетали из карманов и разносились по холлу. Девочки носились вокруг меня, прыгали, норовили схватить за нос, дёргали за брючину и подтяжки. Я был глазом этой бури, неподвижным пространством в самом её центре. Мой рост оберегал меня: я был вдвое выше самой старшей из них, девятилетней. Я давал им время. Время, чтобы устать. Остановить их — всё равно что пытаться остановить бурю ветряной мельницей. Когда они выбились из сил, я наклонился к ним и шёпотом, словно собираясь открыть им великую тайну, заговорил:

— Подойдите ближе. Ещё ближе.

Девочки обступили меня — ради тайны. Среди них одна показалась мне особенно заведённой. Её пятки были подброшены в небо невидимым каблучком — тревоги. Она с трудом могла устоять на месте.

Я положил руку ей на спину.

— Что там? — спросил я.
— Где? — удивилась.
— Под рукой. Там как будто что-то бьётся. Чувствуешь?

Вопросом я старался увести её внимание внутрь, к ощущениям. Воспоминание о внутреннем мире могло помочь ей замедлиться.

— Ничего не чувствую, — ответила она и, освободившись от моей руки, стала бегать вокруг нас.
— Как тебя зовут?

Она сбилась с ноги, поправила сползшую ей на глаза шапку и запрыгала на месте.

Я повторил вопрос трижды, словно был обязан знать её имя. Каждый раз спокойно, но твёрдо, оставляя паузы — чтобы она могла не слушать и не слушаться. Эта повторяемость набегающей волны вкупе с тихим голосом и вопросом про чувства наконец возымела действие — девочка остановилась. Её одержимость бегом на время отступила. Оцепеневший в хаосе маятник качнулся в другую сторону.

— Тамара, — переняв мой шёпот, ответила она.
— А тебя?

— Я Василиса, — ответила девочка с лицом врубелевской героини.

— А я... — начала самая младшая.

— Я отгадаю, — перебил я и, прерываясь на бесконечные раздумья, словно размазывая ложкой черничное варенье по манной каше с комочками, принялся отгадывать:
— Афелия.

— Нет!

— Хм. Зефира.

— Нет!

Их «нет», громко брошенное хором, возвращало девочкам контроль над тем малым, что у них осталось — тайным знанием собственного имени. Они владели тайной.

— Я Даша, глупый, — убрав изо рта светлую прядь, уступила свою тайну младшая.

— А как зовут тебя? — спросила Тамара.

— А меня зовут... а как же меня зовут?.. Что-то забыл...

— Ты похож на Максима, — хрустальным голосом прозвенела Василиса.

Не задумываясь примерил на себя Максима: грудь вперёд, подбородок победоносно выдвинут, взгляд устремлён вдаль.

— Ты банан! — в момент подхватив правила игры, крикнула Даша.

И я тут же превратился в банан. Девочки захохотали. Их чувство контроля расширялось: от контроля над тайной имени к власти над другим человеком. От них зависело, кто я. Их слово было заклинанием, меняющим действительность. Им они могли двигать горы и превращать в камень.

— Гиппопотам! — засмеялись две близняшки в одинаковых куртках и радостно хлопнули гиппопотама по толстокожему боку.
— Ракета! — приказала Даша.
— Тюльпан!
— Акула!

Сложив ладони в акулий плавник, я двинулся на девочек. Визжа и смеясь от щекочущего страха, они бросились убегать. Они знали: это была игра, которой управляли они, и потому можно бояться. Они играли в страх, потому что в игре им ничего не угрожало. Игра была языком, которым они владели в совершенстве.

Достав из кармана розовую карточку с наклейками, Тамара отлепила одну и потянулась к моему лицу. Я наклонился, она бережно наклеила мне на нос голубую бабочку. Метаморфоза.

4

— Позаботьтесь о нём, — обратился я к высокой, как огненный столп, рыжеволосой женщине, укладывая Герр Штрауса в уютный капюшон её дутика.

— Хорошо, — кивнула она, складывая документы в затёртый пакет с васильками, — её уже ждали у следующего стола.

— Трудно отпускать из родного гнезда. Но с вами ему будет лучше: он обрёл свой дом в вас, — утешал я сам себя, укладывая Герра поудобнее.

Женщина поправила торчащие из капюшона страусиные ноги и поспешила к столу регистрации.

— Не забудьте его тоже зарегистрировать, — крикнул я вслед.

— А какой назвать адрес проживания?

— Назовите: карман Мистера Робина.

Женщина растворилась за чёрными спинами. А я остался.

— Покинул родное гнездо, — вздохнул я. — Как же быстро растут дети.

По лицам окружающих промелькнула улыбка. Тема покинутого гнезда была для них особенно болезненной и отзывалась возможностью сострадания.

— А хорошо ли я поступил? — вдруг засомневался я. — Я же всё-таки мать.

— Ты хорошо поступил, мать, — послышался голос из очереди. — Нужно уметь отпускать своих близких.

Обстоятельства сделали сальто. Человек, ищущий утешения, только что сам стал его источником. И от того будто вырос над собственной трагедией. Нашёл в себе силы, о которых раньше не подозревал. Отыскал слова, которые исцеляли обоих. Помогая одному, помогаешь всем, но в первую очередь — себе. Клоун разыгрывает ситуацию так, чтобы в его маленькой беде размером с ладонь отражалась необъятная боль человека, как в осколке зеркала — большое целое. Рассеивая мои сомнения, эта пожилая женщина утверждалась в собственной правоте. Как будто на каждом её слове теперь стояла печать: «я сделала это сама».

— Ничего, ничего, — утешала она. — Он уже большой, вернётся с цыплятами.
— Значит, я стану бабушкой?

Остолбеневший холл сотрясся хохотом.

— Вы думаете, я буду хорошей бабушкой? — робко спросил я у сгорбленной, будто плечами спрятавшей своё сердце от мира, пожилой женщины.
— А как же! — улыбнулась она, оторвав взгляд от анкетного листа на коленях.
— Но я даже не умею делать галушки.
— Ничего. Мы тебя научим.

Из-за покачивающихся спин показался затёртый пакет с васильками. Вслед за ним, как Мадонна с младенцем, вышла женщина, прижимая к груди Герр Штрауса.

— Ваш Штраус, — улыбнулась она, протягивая мне игрушку. В пространстве, образовавшемся между ножкой Герра и женской ладонью, покоилась вся нежность мира. — Я закончила здесь, — извинилась женщина.

Она была готова оставить пределы Круга Третьего. Её ждал Круг Четвёртый. Жизнь после жизни.

Позади меня, точно трёхглавый Цербер, неустанно трудился сканер. Чтобы прорваться в следующий Круг, люди скармливали ему свои паспорта.

Одна из сотрудниц — видимо, хозяйка трёхглавого пса, — выскочила из-за стола, взяла у меня из рук Герр Штрауса, уложила его в беззубую стеклянную пасть сканера и нажала кнопку «Пуск». Внутри зловеще проскользнул электрический свет, и Цербер исторг из тёмного чрева лист бумаги, на котором, как на Плащанице, был отпечатан лик Герр Штрауса.

Как звон разбитого стекла, подхваченный кафедральными сводами, по холлу разнёсся смех.

Погладив адскую тварь по голове, сотрудница выхватила лист бумаги, ручку и бегло подписала:

«Мистер Робин — хорошая мать».

Печать «Красного Креста».

5

Женщина сидела одна в пустом зале. На её сутулые плечи, как прошлая жизнь, было наброшено чёрное кашемировое пальто. Вынужденный выбор между двумя безысходностями, запертость в собственном горе, как в одежде, которую невозможно сменить, когда находишься в долгой дороге, чёрный экран телефона — бездна смятения, смотрящая на тебя из собственных зрачков: эта усталость превратила её тонкое красивое лицо в маску. Взгляд женщины — в нём не было почти никакого движения — направлен на формуляр с вопросами. Призрак, невидимка, беженка.

«Всю Украину с собой не заберёшь… Забрала! Забила памятью чемодан — и вывезла».

Мир рядом с ней казался до неузнаваемости почерневшим, выжженым дотла, захлёбывающимся собственной смолой. Рядом с ней находилось происходящее с её землёй. А там — только что произошла Буча.

На столе ярким всплеском лежала жёлтая упаковка M&M`s. Из них мы выложили на столе жовто-блакитный флаг. Через пару минут я заметил, что он исчез.

— Вы что, съели флаг?! — схватился я за голову.
— Нет, — произнесла женщина. — Я ела только красные и синие, — улыбка обнажила прилипшую к зубам красную глазурь.

В тёмных глазах женщины сверкнуло нечто ослепительное. Как если бы мёртвая маска неосторожно съехала на бок, приоткрыв на мгновение не лицо, нет, — возможность лица. Мелькнула, как свет фонарика из-под завалов, как сигнал бедствия: «я здесь, я здесь!». Едва заметный, едва ли осознаваемый ею самой луч, и вместе с тем меняющий всё. Нужен символический акт. Что-то, что сорвёт срастающуюся с лицом маску и выпустит ослепительное нечто наружу.

— А давайте съедим российский триколор, — зашевелились мои губы.

В тёмных воронках — там раньше были её глаза — сверкнула ярость. К бледным губам прилила кровь. Перевернув лист анкеты пустой стороной, она высыпала разноцветные драже и выложила на бумаге красную и синюю полоски. Недостающую — белую — она обвела ручкой. Триколор был готов.

Время трапезы.

Тонкими пальцами женщина взяла красную конфету и зажала её передними зубами. Хищная улыбка, прищур — пам! — конфета с хрустом раскололась надвое и исчезла во рту. Следом две синих. Сахар, шоколад, орех. Я потянулся к упаковке, за что тут же схлопотал по руке, а очередная M&M`s исчезла в красноватой улыбке. Одна за другой конфеты хрустели у женщины на зубах, как кости врагов. И вот мы уже грызли не разноцветные драже, а кусок её страшного опыта. Я почти видел вспыхнувшее внутри неё пламя: казалось, оно сейчас вырвется и понесётся по занавескам под высокие потолки. Дрожащие руки жадно рвали пакет, выискивая последнюю пару красных драже. Глаза пылали местью и жизнью. Всё это сопровождалось восхитительной полуулыбкой.

— Как триколор?
— Отлично хрустит на зубах, — сколько наслаждения было в этом ответе.

Женщина выложила на глазурных руинах предшественника — жовто-блакитный флаг. Символический акт был завершён.

Клоун не борется с существующим порядком вещей, но доводит его до абсурда. Когда порядок теряет всякий смысл, происходит освобождение. Клоун готов сойти в Лабиринт Минотавра вместе с ищущим этого освобождения. Но убить чудовище должен сам человек. В каком обличии предстанет Минотавр, клоуну безразлично: это не его чудовище. Но он обещает вывести Тесея из Лабиринта, став его нитью Ариадны. Клоун — трикстер. Он провоцирует душу на игру, какой бы хтонической она ни была. Ибо в игре что-то внутри оживает, начинает меняться и в итоге — перерождается.

КРУГ ВТОРОЙ

— Хочешь взлететь? — спросил я девочку Киру.

— Очень хочу, — собранно и серьёзно ответила она.

— Когда будешь наверху, не забудь, что ты балерина, — и, присев на корточки, я взял девочку под мышки. — Готова?

Кира сосредоточенно кивнула.

Розовые кроссовки Hello Kitty оторвались от липкого ламината. Кира поплыла, полетела — над полом, над головами, над тяжестью мира. И там, наверху, окончательно порвав с земным, девочка раскинула руки и ноги, превратившись в звезду мирового балета. Раздались овации. Ей рукоплескали тени Круга Второго. Девочка сияла. Казалось, она исчезает в своём сиянии, как исчезает в ярком свете софитов одетая в белоснежное балерина. Вот-вот совсем растворится. Ослеплённый светом и лёгкостью, я уже не мог сказать наверняка, держу её или нет. Исчезла? А была ли она вообще? И, если была, — была человеком или песнью?

Впервые я увидел Киру вчера. Точнее — услышал.

Я шёл среди зевающих и лязгающих раскладушек и напевал:

> Дом — где моё сердце,
> Дом — где моё сердце,
> Дом — где моё сердце,
> И я сердцем с тобой.

— Я тоже умею петь, — послышался нежный голос из-под горы пледов.

Это была Кира. Она скинула с себя покрывала, убрала невесомые волосы со лба и запела:

Дом — где моё сердце,
Дом — где моё сердце…

Спрятанная в серый вязаный свитер мать девочки наблюдала за всем этим со стороны. Она как будто не решалась подойти ближе: боялась спугнуть детское счастье? Стеснялась своего вида? (Душ в этих пределах — редкость и роскошь).

Дом — где моё сердце,
И я сердцем с тобой…

И я запел с девочкой — тихо, чтобы голос её летел над моим.

Мать стояла в стороне. Её ногти впились в подушечку большого пальца — не плакать, «нельзя плакать». Возможно, впервые с начала войны она слышала, как поёт её дочь.

Дом — где моё сердце…

Розовая дутая курточка Киры вдруг показалась платьицем. Она кружилась. Мать зарыдала и, подхватив дочку на руки, стала целовать, целовать, целовать, как если бы они никогда не виделись, но всю жизнь снились друг другу.

Мы с клоунами обняли их, и уже все вместе хором запели:

Дом — где моё сердце…

В кругу было жарко, но тело матери дрожало. К моим глазам подступали слёзы. Их уже можно было услышать в голосе. Но слёзы эти были не от горя — от освобождения. От красоты.

Дом — где моё сердце,
И я сердцем с тобой.

С высоты птичьего полёта глаза выхватывали из темноты три первых круга. Ими были: Выбор, Дорога и Память.

Река Выбора простиралась между «бежать» и «остаться». Настоящий Стикс, только без Харона. Реку Выбора приходилось преодолевать в одиночку. Скованные её льдом тени вырывались на поверхность и скользили к берегам, кто куда. Отказавшиеся от выбора застывали в её льдах навсегда.

От левого берега по весенней распутице змеилась Дорога. Она расползалась под ногами скользкими глиняными комьями. Опасные гуманитарные коридоры, толкучка, неразбериха, холод. «Вот сейчас я преодолею это, — думал про себя человек, — и всё кончится». Но ничего не заканчивалось.

Начинался новый, возможно, самый страшный из кругов: Память. Круг герметичных миров, представляющий собой пустое белое пространство, — ничто не отвлекало от воспоминаний. Ад здесь создавал сам человек. И человек же был сам себе адом.

Я двигался вдоль этих Кругов в обратном направлении: от Памяти к Выбору.

3

Под центр беженцев был отведён бывший торговый комплекс. Заброшенное здание вновь наполнилось жизнью. Оно покоилось на пустой парковке, как выброшенный на берег кит. На его жестяных боках тоскливо зияли тени демонтированных букв — TESCO. Получив бейджики волонтёров, мы вошли внутрь.

За оградительной лентой, какими маркируют опасную территорию, толпились тени. В их взглядах, тянущихся к дверям, сквозила тоска. Из-за женских спин тут и там выглядывали детские головы. Поднырнув под ленту, я проскользнул между тенями и двинулся глубже — внутрь. Китовое брюхо было завалено раскладушками, будто обломками кораблей. Под бездонными потолками, перелетая с балки на балку, гнездились голуби. Я в красном пиджаке стоял посреди беломраморного зала с колоннами. Соскакивая с раскладушек ко мне сбегались дети. Среди них — почему-то одна не умещалась в это общее «дети» — шестилетняя девочка в розовой курточке с сердечками. «Девочка», «курточка», «сердечки». Но иначе о ней нельзя: слишком нежной она была. Скажешь «в куртке» — и ранишь весь образ.

Протиснувшись меж плотно сомкнутыми плечами, ко мне подошёл парень с жёлтым лицом. Он протянул бутылку воды, как преподносят дар от племени. Приняв его, я обнаружил себя стоящим вверх ногами. Пол обрушился на меня, как потолок (чтобы придать значимости дару, я вообразил его неподъёмным — и меня опрокинуло тяжестью на пол). Я силился оторвать бутылку от пола, но не мог. Племя рассыпалось от хохота. От невозможности вместить в себя свой триумф они топали, прыгали и плясали. Смеющееся жёлтое лицо их вождя вдруг сменилось маской серьезности. Хохот стих. Вождь вышел в центр круга и, демонстрируя магическое превосходство их силы над чужеземной, поднял бутылку над головой.

Получив одобрительный кивок — «можно», его соплеменники стали протягивать мне каждый что-то своё: кто шоколадку или обгрызенный колпачок от ручки, а кто — резинку для волос. Каждый жаждал убедиться: что легко для него — неподъёмная ноша для меня.

В конце концов в круг вышла та самая девочка. Она тащила на себе огромного медведя. Символ агрессии, из-за которой она здесь. И всё же ребёнок несёт его, удостоив своей всепрощающей нежности.

Она взвалила медведя мне на грудь. Мои длинные ноги расползлись по сторонам, усадив меня на шпагат. Девочка хихикнула.

— Я помогу тебе, — сказала она и, поднырнув под медведя, подбросила его в воздух.

На следующий день я вновь встретил желтолицего вождя. Он помахал мне рукой. Знал ли он, насколько тонкими выглядят его руки в этом чужом мешковатом свитере?

Я вдруг понял, что не знаю его имени.

— Мистер Робин, — представился я.
— Силач, — ответил вождь и побежал вдоль белых штор, отделяющих комнаты без стен, вдоль раскладушек и коробок с гуманитарной помощью. Он бежал к своему племени. Племени, живущему во чреве кита, где с ребра на ребро перелетают голуби.

Это был один из тех редких случаев, когда видишь, как созданный тобой мир начинает жить без тебя. «Силач». В парне по-прежнему был жив вчерашний триумф.

Травма стремится стать центральным событием в жизни человека, определять его: «я тот, кто пережил…», «я тот, кто видел…», «я беженец». И вдруг: «силач» — как новое я. Триумф мальчика над клоуном получал шанс стать триумфом над травмой: «да, это было со мной, но, кроме этого, я ещё и тот, кто сильнее».

Ко мне подошли две женские тени. Они разговаривали с кем-то по видеосвязи.

— Помаши нашим братьям, — сказала одна из них, поднеся телефон к моему лицу.

Из окошка экрана надо мной смеялись двое крепких, бородатых мужчин в военной форме. Они куда-то ехали.

4

Дом наш располагался в двадцати километрах от Круга Первого. Окна Дома выходили на две стороны: в одних чернел голый весенний лес, в других — пустое поле. Мы только что вернулись из TESCO. Перед выездом в следующий город, в следующий TESCO, у нас был час. Мы нарекли этот час тихим.

Деревянный Дом с печным отоплением. Как живой. Он дышал, поскрипывал деревянными половицами и постоянно шептал. Разговоры, которые мы вели вечерами на кухне, звучали сразу во всех комнатах, нарушая все мыслимые и немыслимые физические законы, и равноправно принадлежали всем. Дом не терпел секретов. Чтобы позвать кого-то со второго этажа, достаточно было прошептать его имя, и Дом отзывался, будто радуясь человеческой речи, примеряя её на себя. Дом наш чем-то напоминал корабль — корабль дураков. Казалось, он не стоял, а раскачивался на волнах, плыл куда-то.

Я отдыхал на втором этаже, растянувшись на диване в квадрате солнца. Рядом со мной, накинув шарф на глаза, спал старый клоун Нимрод. На крутой лестнице, ведущей в комнату из зала, послышались шаги. Я открыл глаза и начал ждать гостя. Гостью: ей оказалась Милана, соседская девочка лет шести. За несколько дней — или столетий? — прожитых в Доме, мы достаточно хорошо знали соседей, чтобы те отпускали детей гулять к нам во двор.

— Завтра мы едем в Украину, — начала Милана и, заикаясь от возбуждения, стала рассказывать о том, как скучает по дому, как хочет на море, как собиралась забрать вещи, но мама не разрешила, и теперь она скучает по ним и хочет скорее вернуться, чтобы их обнять.

Девочка сжимала в кулаке красный нос. Наверное, получила его, проходя мимо кухни, где кофейничали клоуны. Я попросил его у Миланы, чтобы вместе с ней показать Дому фокус. Посыпав мне на руку волшебной пыльцы, девочка дунула в зажатый кулак, и нос исчез.

— Як? — вспыхнула удивлением Милана. — Ещё!

Я показал ещё. Нос исчезал и появлялся. Она ушла и вернулась с резинкой для волос.

— Можешь исчезнуть её? — спросила Милана.
— Нет, не получится.
— Почему? Как ты знаешь, что не получится?
— Я пробовал, — ответил я.
— Закрой глаза, — вдруг сменила тему Милана.

Я закрыл глаза. Девочка заползла под кровать.

— Открывай! — сказал голос.
— Ой! Ты где?

Смешок.

— Я исчезла.
— Куда? Куда ты исчезла?
— Я призрак, — ответил голос из-под кровати.

И мы стали говорить с призраком. Я спрашивал его, как вернуть Милану. Пробовал разные варианты, но ничего не работало.

— Где Милана?
— Я не знаю, — отвечал призрак.
— Может, под шляпой?
— Там её нет.

— Может, в зеркале?
— И там нет. Милана исчезла. Миланы нигде нет.
— А как сделать так, чтобы Милана появилась?
— Придумай заклинание, — отозвался голос.

«Абракадабра», «Крибли-крабле-бумс», «Сезам, откройся» — одно за другим я перебирал заклинания, но ничего не срабатывало. Не те слова.

— Слава Украине, — произнёс я наобум. Что знает об этом шестилетняя девочка?.. Разве может это быть волшебным заклинанием в воображении ребёнка? Может.

Под кроватью послышался шорох. Милана выползала из царства призраков.

* * *

Миллионы украинских детей стали беженцами. Миллионы — разве это число о чём-то говорит? Большинство украинских детей стали беженцами. «Большинство». Чем больше я вслушиваюсь в него — большинство, большинство — тем явственнее в нём шествие боли. Большинство. Боль шествует.

Все украинские дети — теперь дети войны: им мерещится сирена в сигнале будильника, их пугают хлопки в ладоши. Многим из них больше некуда вернуться: нет больше их детской комнаты. И вообще — нет больше детского. Их волшебный дом исчез. Их город стал призраком. Кто-то и сам отправился вслед за ним, в мир призрачного: так надёжнее. В призрака ракета не попадёт, и стена его не задавит. Призрак и сам может пройти сквозь любые стены.

Война выживает из жизни в отсутствие. Превращает тебя в голос из-под кровати. Мало остаться в живых. Нужно ещё остаться живым. «Остаться в живых» — не слышится ли в этом случайность, вытащенный жребий? «Остаться живым» звучит как выбор, как живое слово, движущее камни.

5

Своей укачивающей цикличностью Круг Второй напоминал карусель: TESCO, TESCO, TESCO... Сколько их здесь? Или это один и тот же? От головокружения буквы размываются, расслаиваются, просачиваются в другой язык. И вот уже на очередном кругу сквозь тени букв T E S C O проступает гнетущее: Т О С К А.

Людей, перешедших из Круга Первого, свозили сюда автобусами. Каждый следующий TESCO был похож на предыдущий. Запах сырой одежды, разогретой в микроволновке еды, немытых волос, стресса. Раскладушки. Сидящие на них силуэты. Особая роскошь — быть отрезанным от общего пространства белой занавеской. Из-за занавесок доносились телефонные разговоры с родственниками. У дальней стены — коробки с пожертвованной одеждой и лекарствами. Рядом с коробками, в человеческий рост, гора детских игрушек, застывшая в оцепенелой тишине. «Апофеоз войны». Страшнее его.

Наше присутствие здесь напоминало развёрнутый в Аиде Луна-парк. И как на огни Луна-парка, к нам сбегались дети. Они выбегали из-за белых штор своих импровизированных комнатушек и следовали за нами. Мы шли, как мираж, как фата-моргана под высоким ангарным небом, по узким проходам-улочкам между раскладушками и, выйдя на пустое пространство, собрались в круг. Детские цепкие глаза с любопытством смотрели на меня: «что будет дальше?». Я почесал подбородок и, словно очутившись в зеркальной комнате, десяток раз отразился в этих детях. Преломившись в каждом из них, я затерялся в собственном отражении.

«Зеркало» было отличным способом структурировать детский хаос. Сложность внутреннего мира обрела простоту — «отражай», — освобождала от мыслей — «следи».

Даже самый замкнутый, сам того не замечая, оказывался снаружи. Даже самый робкий мог танцевать — «это не я, это он», — и, освоив эту новую возможность, вдруг озарялся — «это не он, это я». «Это я смеялся и был счастлив».

Как Марсель Марсо перед зеркалом, я мог рассказать отражению сказку. Я помахал зеркалам рукой, и зеркала помахали мне в ответ. Я сделал шаг, и круг сузился. Нарушив непреложный закон отражения — не выходить из зазеркалья и не впускать в него, мы взялись за плечи. Руки, провалившись сквозь зеркальную поверхность, щупали, мяли, оттягивали уши, трепали волосы на головах. Небо TESCO пузырилось и пенилось смехом, словно фейерверком. Мы сделали глубокий вдох и на выдохе превратились в облачных овец — «ме-е-е». Затем в молочных коров — «му-у-у». В мартовских зайцев с безумного чаепития...

— Давайте как собака!
— Как чайка!
— Как лошадь! — перекликались ожившие отражения, вернувшие себе собственный голос.

Мы оживляли слово, обращаясь в животных. «Животное» — это от «живот». И мы смеялись от живота. Нами смеялась жизнь.

Я почти видел, как отступала темнота в этом огромном тоскливом чулане, как прямо в сердце TESCO приоткрылась волшебная дверь, и откуда-то снаружи, под ноги, падала тонкая полоска света. Рассекая пол, она делалась всё шире и шире, пока всё не обращалось в свет. К детям возвращалась их последняя свобода — их магическое мышление.

— Я бы тоже хотел быть клоуном, — сказал красный цвет. Это был румяный мальчик лет восьми, в красном спортивном костюме и красной шапке.

— А это можно устроить, — ответил я. — Нам только нужно добраться до дерева, на котором растут носы.

Я достал из кармана клочок воображения и, развернув его как карту, разложил на полу.

— Так, мы находимся здесь, — я ткнул в красный pinpoint с надписью «вы находитесь здесь» и, пробежав пальцем до красного креста, каким маркируется клад на карте сокровищ, прочитал: — А надо нам вот сюда. Пройти всего-ничего: ямка, поле да лесок. Ну что, отправляемся?

TESCO задрожал многоголосым «да».

— Смотрите, что это? — я указывал на пустое пространство впереди нас.
— Пропасть! — отозвался Ваня, мальчик со строгими внимательными глазами.
— Нам надо как-то пересечь её и оказаться во-о-он на той поляне, — и я ткнул пальцем в пустоту впереди нас.
— У кого-нибудь есть верёвка? — оглядел всех Ваня.
— Есть, — отозвался темноволосый Макар. — Вот.

Взяв у Макара воображаемый канат, я перекинул его через пропасть.

— Только ступайте осторожно, — предупредил я и, нащупав канат ногой, пошёл.

Верёвка раскачивалась на ветру. Балансируя над бездной, я дошёл до конца и спрыгнул на твёрдую почву. Следующим пошёл Ваня. Он сосредоточенно плыл по канату, раскинув руки в стороны, стиснув губы так, что рот превратился в бледную полоску. Когда Ваня оказался на другой стороне, на верёвку ступил Макар. И уже вслед за ним, как канатные плясуны, пошли остальные. Один за другим они спрыгивали с каната — мне в объятия. Каждого следующего ловили всё больше рук. Перешедшие пропасть ловили идущих над ней.

— А вы почему ещё там? — крикнул я через бездну, застрявшим на другой стороне клоунам.
— Я боюсь, — отозвалась Мадам Толян (так окрестили клоунессу дети из-за нелепой шапки-ушанки).

Четверо клоунов оказались отрезанными от нас страхом. Один убеждал свои колени перестать дрожать. Остальные превратились в трёх обезьян: не вижу, не слышу, не скажу. Вдруг воображаемый канат качнулся под коричневым ботинком: на помощь клоунам шёл Макар. Он вернулся через пропасть, взял Мадам Толян за руку и перевёл на другую сторону. Следуя благородному примеру, на помощь клоунам бросились остальные.

— А не поскакать ли нам на лошадях? — предложила Мадам Толян, предвкушая путешествие через бескрайнюю долину.
— Восторг, — подхватил я. — У меня как раз завалялась в кармане цирковая лошадь.
— Цирковая? — переспросил Ваня.
— Ага, — кивнул я. — Гляди, — растопырив карман, я щёлкнул языком, и лошадь выскочила из кармана, словно из горящего обруча.
— Ба! — изумился Ваня.
— А твоя какого цвета? — спросил я мальчика, скармливая лошади яблоко.
— Как? — опешил Ваня. — Моя? — и, преодолев растерянность, нашёлся: — Моя жёлтая.
— А моя жёлтая в чёрную крапинку, — пытаясь затмить Ванину фантазию воскликнула Варя.
— Жёлто-голубая, — послышался голос сзади.
— Конечно же, синяя.

— Фиолетовая.

— Красная, — перекрикивали друг друга голоса.

— А моя розовая, — дёрнула меня за брючину Сонечка.

— А моя? — спросил я.

— И твоя розовая, — засмеялась она из-под своей розовой курточки с сердечками.

Зажав своих пёстрых лошадей между коленей, мы пустились галопом.

Опасный путь пройдя до половины,
Мы очутились в сумрачном лесу.

Спешившись, мы побрели путанными тропами леса. Вековой мох обсасывал наши ботинки. С каждым шагом мы сами становились мхом, отдавая ему свой голос. Лес оживал в нас. Мы превращались в лес. И вот уже не мы блуждали, а в нас можно было заблудиться.

Дорога оборвалась. Впереди пролегала пустота — чёрный квадрат, всё и ничто.

— Мы полетим на воздушном шаре, — всё уже решив, сказала Алиса. Девочка напоминала восклицательный знак: слишком оторванная от земли, словно она обитала не в теле, а в паре сантиметров от собственной макушки. Этакая девочка на шаре.

Алиса поднесла к губам идею и стала раздувать её собственным воображением. Она надувала шарик. С каждым выдохом он увеличивался в размерах, заслоняя собой потолок и погружая нас в тёмный эллипс воздушной тени. Алиса именно так представляла, откуда берутся воздушные шары: просто вырастают из маленьких. Она запрыгнула в корзину, сбросила пару мешков балласта, и воздушный шар стал отрываться от земли. Мы бросились за ним, запрыгивая на ходу, и вскоре TESCO стал не больше маленькой точки где-то там, внизу.

Воздушный шар перенёс нас через Долину Всего и Ничто. Корзина бухнулась о землю, протащила нас несколько метров, качнулась и встала. Перед нами была палатка Красного креста.

Я выпрыгнул из корзины в невесомость. Из-за отсутствия притяжения я поплыл вверх. Дети кинулись мне на помощь и дружно навалились на мои ботинки, возвращая мне тяжесть. Их жмущие к земле руки рождали приятное чувство опоры. Заземления. Хотелось, чтобы и они ощутили то же самое. Но детей не нужно было просить — они уже играли в это. Одного за другим их уносило в воздух, мы хватали друг друга за штанины и возвращали на землю.

— Мы на месте, — сверился я с картой. — Дерево должно быть где-то здесь.

Мы заглянули под каждый стул, обыскали каждый угол — дерева нигде не было.

— Странно, — пробормотал я. — Может оно в параллельном мире?
— Это как? — спросила Сонечка.
— Ну, как бы это сказать… Оно как бы здесь и не здесь. Прячется у нас под самым носом.

Она пощупала ямочку над верхней губой.

— Нам нужен интегральный квантовый скачок, — загорелся я.
— Игральный сачок? — её брови подхватило удивление.

— Именно. Мы выловим красные носы оттуда сачком. Смотри, — я снял шляпу, махнул ею в воздухе и достал из неё красный нос, — вот так.
— Получилось! — запрыгала розовая курточка.
— Что получилось?
— Нос! Нос теперь здесь!
— И правда, получилось, — удивился я. — Давай теперь ты.

Сонечка взяла шляпу и заглянула внутрь.

— Пустая.
— Так ты лови.

Девочка взмахнула шляпой.

— Поймала! — обрадовалась она. — Целых три.

Руки выхватывали носы из атласной темноты шляпы и усаживали их на свои: с горбинкой, вздёрнутый, прямой, тонкий, широкий. Примерив красный нос, дети вспыхивали как светлячки и пропадали в собственном сиянии. Носы возникали совершенно из ниоткуда, словно сыпались из надрезанного полями шляпы пространства. Они появлялись в пустых ладонях, за ушами, в карманах. Мрачные декорации TESCO уплывали на задний план и исчезали со сцены. Они как будто больше не существовали для нас, как не существует темноты для солнца: оно видит лишь собственный свет, бьющий во все стороны.

— Вы отвели наших детей в Страну чудес! — рассмеялась пожилая женщина, выйдя к нам из мрачного простенка. Всё это время она держалась в стороне и наблюдала. — Я созванивалась с сестрой. Она осталась в Харькове. Рассказала ей, что к нам клоуны приходили. Ей так стало жалко, что она с нами не поехала.

* * *

Игра — метаязык детей, которым они описывают и познают мир и друг друга, преображают действительность и рождают новые смыслы. Игра — это триумф сознания над материей.

Каждый из них находился в своём бесцельном странствии: никто не понимал до конца, зачем и почему они уехали, и куда направляются. Игра могла открыть им иную сторону странствия, дать почувствовать себя его героями, а не жертвами. Они больше не эвакуированы в этот неизвестный мир: они пришли, чтобы его открыть. Не беженцы, но первооткрыватели. Эта игра была метафизическим измерением, зазеркальем, где возможно всё — даже новый смысл.

6

Как конь в тяжёлых доспехах, из стены дождя выскочил бронированный военный внедорожник. Он пронёсся мимо и исчез в неподвижной взвеси — серое в сером. Моя шляпа клош, которую я кинул на панель под лобовое стекло, когда сел в машину, мелко задрожала: над нами на бреющем полёте пронеслись два вертолёта. Вслед за ними, оставляя за собой свинцовое бездыханье в груди, прохрипел военный грузовик. Мы подъезжали к границе Круга Первого.

На границе был разбит палаточный городок. Сюда со всего мира съезжались волонтёры. Они везли тёплую одежду, смеси горячего шоколада, сим-карты, зонты и дождевики. Палаточный городок выступал буферной зоной между Кругами. Верхушки шатров торчали из тумана, смешанного с запахом супа. С детьми на руках, волоча на себе баулы и чемоданы, тени шли по его узкой улочке, ступая по тёмным от влаги паллетам. На выходе их ждали автобусы.

Дождь не прекращался.

Очнувшись будто от тяжёлого сна, женщина позвала под зонт Гугу, круглую, как изобилие, клоунессу. Гуга нырнула под чёрный сатиновый купол, и женщины по-щенячьи вжались друг в друга. Загипнотизированный нежностью мир смотрел, не отрывая взгляда. Он дарил им время. Укрывая клоунессу, женщина улыбалась, как будто забыла, что сама искала укрытия.

К выходу тянулся низкий забор, отделяющий очередь от волонтёров. За ним, почти растворившиеся в общей темноте, проступали три женских силуэта. Подойдя ближе, я увидел три поколения одной семьи.

Одетый в дирижёрский фрак, Пьер протянул девушке жёлтую резиновую курицу с разинутым в оперном «О» красным клювом. Девушка нажала на курицу, и та надрывно запищала свою арию ламенто.

— Ах! — восторженно протянул клоун-дирижёр. — Что за великолепное исполнение!
— Бочелли! — подхватил я.
— Бартоли, — поправил меня Пьер.

Из-под чёрного материнского капюшона послышался хохот.

— Простите, я не расслышал ваше имя? — обратился я к девушке.
— Оксана.
— Оксана Бартоли! — воскликнул я и подчёркнуто аристократично пожал кончики её пальцев.

Девушка неосознанно выпрямилась, подбородок слегка взлетел — к ней возвращалось достоинство. Чувствуя это, тени в дождевиках приостанавливались перед ней, как перед знатной особой.

— Исполните же и вы нам что-нибудь, — протянув женщине курицу, поклонился Пьер. — Просим.
— Ба! — воскликнул я. — Что у нас здесь! Неужто Фуга соль минор?
— Она самая, — как истинный ценитель отозвался Пьер. — Возвышенная и трагичная, как колесо телеги. Она. Она! Фуга соль минор.

Смех перебивал дождь, звучал громче, чем его неритмичная дробь о брезент палаток и дождевиков.

— Марина, — опережая мой вопрос, представилась женщина.

— Марина Бартоли! — добавил Пьер.

— Обратите внимание, мюсье, — обратился я к Пьеру, — у Оксаны курица звучит драматично, у Марины трагично, а у…

— Светлана, — пожилая женщина с улыбкой сжала протянутую ей курицу.

— А у Светланы Бартоли комично и весело. Вся моцартовская триада.

Проглотив очередную порцию людей, автобус тронулся с остановки. На его место тут же подъехал следующий: как Pac-Man, поедая новые горошины голов под капюшонами. Мы помахали исчезающей в дверях автобуса семье Бартоли и отправились дальше.

Нас пригласили войти в большой белый шатёр для родителей с детьми. Они проводили здесь первые часы. Задняя стена палатки, как стена плача, от пола до потолка была заклеена детскими рисунками — вместо молитв и пожеланий. Каждый как окно в мир, который ещё предстояло открыть. В рисунках преобладали жёлтый и синий. Синие жирафы, жёлтые слоны, жёлтое небо с синим солнцем над синей травой — всё было жёлто-синее. Остальные цвета, нетронутые, торчали карандашами из стакана на мокром от дождя столе. От движущихся теней палатка казалась сумрачной. Тут и там стояли раскладушки с откинутыми пледами, ещё теплыми от человеческих тел. Между раскладушками пробирался мальчик на деревянных костылях. Чуть в стороне, в инвалидном кресле сидела укутанная в кремовую шаль тучная пожилая женщина. Она остро пахла грязным нижним бельём. Её лицо было похоже на восковой слепок. Резкие, глубокие морщины с осевшей в них усталостью расходились по лицу — от глаз, от уголков бледно-лилового рта. Её взгляд был мутно-стеклянным.

Она смотрела куда-то в пол. Она видела память. Видела картины, которые не должен видеть человек. Картины, при виде которых мать раскаивается, что родила на свет ребёнка.

Мадам Толян присела к ней, взяла женщину за руку и, напевая её имя, затанцевала с её рукой. Женщина вслушивалась в своё имя, как будто пытаясь вспомнить, кому оно принадлежит: «Зина, Зина». И, вспомнив, вдруг увидела нас, сидящих у неё в ногах. На лице её мелькнуло что-то вроде улыбки. Казалось, за последние пару месяцев её мимика забыла про эту странность — улыбку.

Я пригласил Зину на танец. Мы закружились под музыку хора, поющего имя «Зина» — она в коляске, а я перед ней. Её правая рука (левая безжизненно висела на подлокотнике) начала по-апрельски теплеть. Зина улыбалась глазами: губы по-прежнему были не способны на это.

Чуть в стороне, безучастно наблюдая за всем, сидела девушка. Красавица. Блондинка, сдержанный маникюр, едва заметный блеск на пухлых губах. Она держала маленькую собачку. Неуместная здесь, как если бы она вышла из салона красоты не в ту дверь. Оказалась здесь случайно.

Я спросил, как её зовут.

— Лера, — отыскивая голос, ответила она.

И мы тут же запели имя «Лера». И как только спетое имя коснулось её идеальной кожи, девушка зарыдала.

* * *

— Дома дефицит, всё вдвое подорожало, — жаловалась женщина, семеня между нами, пока мы несли её челночные сумки с продуктами. Они больно врезались в кожу полипропиленовыми ручками. — Есть нечего, понимаете? Вот и хожу через границу — в магазин.

Мы шли по огороженному забором коридору, соединявшему Второй и Первый Круги. Это была мёртвая зона, в которой нельзя было останавливаться. Последний рубеж, отделяющий нас от следующего Круга.

— Снимите нос, — процедила сквозь стеклянную щель грузная женщина, листая мой паспорт. — Мне нужно ваше лицо.

С меня словно сорвали маску прямо во время ритуала. За эти две минуты без маски я постарел на несколько лет. Лишь сняв красный нос, я смог по-настоящему осознать его силу. Из-под приподнятых век в меня всматривалась атмосфера этого места. Мрачные лица стоящих вокруг теней, на каждом — печать тревоги. И горе, горе, горе. Мои руки непроизвольно задрожали.

— Ваш паспорт, — рявкнула женщина, хлопнув им по узкому подоконнику своей будки. Видимо, с первого раза я не услышал.

Трясущимися руками я вставил в ноздри пластиковое колечко, крепящее красную латексную маску к носу, встряхнулся и постарался вернуться в поле игры. На время забыть увиденное.

(На обратном пути в Круг Второй я встретил волонтёра из Шотландии, мужчину, напоминающего героев Гая Ричи, —

52

он провожал из Круга в Круг колясочников. Проведя на границе пять дней, он сам пребывал в пограничном состоянии: глаза его бесцельно вращались, губы были съедены в труху, руки безостановочно что-то щупали и перебирали. Вот что значило, быть здесь без маски).

— Не могут в чужой стране, — развлекала меня одна из пограничниц, пока решалась судьба клоунов, в чьих паспортах обнаружилась российская виза. — Уехали, а мыслями со своими, с родственниками. Никуда им от этого не деться, вот и едут обратно, на собственный страх и риск. Плохо, а всё-таки лучше, чем каждые полминуты на телефон смотреть, не пришла ли эсэмэска от родственников. Давайте сфотографируемся?

Пограничница щёлкнула селфи и повела меня к выходу в Круг Первый. В этот же момент к клоунам вышли двое мужчин в форме, забрали у них паспорта и повели в дверь, ведущую в небольшую, спрятанную от взгляда комнату, где они просидят без еды и воды следующие шесть часов.

— Будьте на связи. У вас есть зарядка для телефонов?
— Нет.
— Тогда пусть один из вас выключит телефон. Встречаемся в палатке с пледами, — торопились мы договориться, перекрикиваясь через тонкую перегородку паспортного контроля.

Не расслышав ответа, я вышел в Круг Первый.

На первом же электрическом столбе вила огромное гнездо пара аистов. Не для нового ли мира они мастерили колыбель над головами старого?

От дверей контрольно-пропускного пункта тянулся брезентовый тоннель. Он был разбит на колени, между которыми зияли короткие промежутки, где можно было застрять под дождём на час: настолько медленно двигалась очередь. По правую сторону от тоннеля были разбиты волонтёрские палатки, предлагающие остывший суп и ледяные макароны.

Я вошёл в тоннель и стал протискиваться к хвосту. Полупрозрачный потолок был настолько низким, что я постоянно врезался лбом в какую-нибудь перекладину. Мне, наконец, удалось переключиться, и я продолжил играть.

Складываясь из разноцветных осколков, игра образовывала витраж. Витраж человечности, собранный из мимолётных и ярких встреч. В нём сияли на просвет поцелованная женская ручка — «ах» — и благодарящая мужская рука — «спасибо, что помогаете»; взлетающие под полупрозрачный купол цветные платочки — «лови, бросай» — и передаваемое из рук в руки надувное сердце — «это мне?». Булочки с маком — «угощайтесь» — и укрывшее меня крыло пледа — «тебе же холодно, сынок». Оркестр, музицирующий на пищащих курицах и велосипедном звоночке — «дзинь, дзинь», — потрёпанные волосы, поцелованная макушка и шуточная свадьба.

— Ну, замуж ты меня, конечно, не позовёшь.
— О, как вы ошибаетесь, Мадонна!

По ходу моего продвижения по калейдоскопу тоннеля воздух вздрагивал то хохотом, то проклятьем «Fuck Putin», то возгласом «Слава Україні!».

Мои чёрные чаплинские ботинки превратились в две лужи, брюки по колено были забрызганы грязью. Но я отогреюсь потом, позже, укутавшись горой пледов в волонтёрской палатке.

— У тебя другие глаза, — сказала мне одна из клоунесс, когда ближе к ночи мы вернулись в Дом.

Что-то во мне и правда изменилось. Но не глаза. Изменился взгляд. Этот взгляд как будто смотрел на всё со стороны. Можно ли назвать его Я? И кто тогда этот я — человек, который вышел из Круга Первого другим? Которому больше ничего не страшно: некому бояться. Я умерло. Место страха заполнила тупая, безликая грусть. К горлу Робина подступала немота. Я превратилось в «ОН».

И СНОВА
КРУГ ВТОРОЙ

I

Возьмитесь за мой рукав и крепко держитесь: я проведу вас по TESCO.

Начало мая. Залитая солнцем стоянка. Палаточный городок. Первая помощь, регистрация волонтёров, Красный Крест. Лаборатория тестов на ковид, пожарные и полицейские машины, цирк-шапито. На жестяной стене бывшего торгового центра буквами с человеческий рост: CENTRUM POMOCY HUMANITARNEJ. Перед вами тихо открывается автоматическая дверь, и вы входите. Отрезая вас от дневного света, дверь закрывается.

На вашем запястье браслеты с QR-кодом. Охранник сканирует код, и вы проходите дальше. По коридорам бродят люди. Их ноги месят листовки, обёртки шоколадных батончиков и грязные детские игрушки. Дверной проём. Это помещение бывшего бутика. От стены до стены — раскладушки. Они стоят вплотную: так близко, что спящие на них спины касаются друг друга. Спины незнакомцев. Раскладушки переговариваются, скрипят. Вы смотрите в это помещение, потому что не можете не смотреть, не в состоянии отвернуться. Оттуда, из темноты, в вас вглядываются глаза. Беспомощность, безмолвие, оцепенение. Не останавливайтесь: следуйте за мной дальше.

Коридор гнётся дугой. Вдоль стены разбросаны паллеты. На них накинуты пледы и подушки. Люди сидят на паллетах, держат на руках дрожащих собак. Чуть дальше клетки. Их решётки завешены тяжёлыми покрывалами. Восьмилетний мальчик зовёт вас подойти к клетке, и вы подходите. Откинув покрывало, он знакомит вас с кошками. Они растерянно смотрят на вас продолговатыми зрачками, как одно многоголовое существо. Трудно сказать, сколько их там: восемь? Двенадцать?

Вы идёте дальше. И вот уже сами не замечаете, как пнули игрушку. Помещения бывших магазинов. Дверные проёмы, проёмы, проёмы... Концентричность, повторяемость, безысходность. Длинная стена. Она завешана детскими рисунками. На них — счастливые семьи. Эти рисунки — единственная возможность подержать отца за руку. Чуть в стороне, на пластмассовом столе, ворох других: с монстрами из-под кроватей и демонами, которые поселились в детской психике.

Коридор закольцовывается. Вы уже видите начало. Но ужас этого места в том, что придёте к началу уже не вы. Вашими ногами придёт кто-то другой.

Вас зовёт к себе женщина. В её тонких пальцах телефон: она звонит мужу. На экране высвечивается фотография мужчины счастливого, улыбающегося. Он поднимает трубку, и фотография сменяется на человека в военной форме. Видеозвонок. Вокруг него густая темнота. Единственное, что можно разглядеть — его лицо, подсвеченное экраном.

Мужчину зовут Алексей (в телефоне: Лесик). Клоуны поют ему его имя. Их голоса как прохладная ладонь на горячем лбу. Строгая морщина между бровями разглаживается. Он улыбается. Той самой улыбкой с фотографии.

Мистер Робин. Вздёрнутый латексный нос. Синяя фетровая шляпа, посаженная на макушку. Голова отрезана от тела белым воротничком. Красный пиджак. Под ним пёстрая жилетка в мелкую клетку. Высокие серые брюки, не по размеру большие, висят на подтяжках. Случайно заброшенный сюда Мистер Робин.

Он снимает свою шляпу и надевает на голову женщине. Она смеётся. К вам подбегает девочка семи лет.

— Папа! — машет она рукой и хохочет.

— Папочка, — подхватывает Робин порыв её нежности. — Папулечка!

Хохот отца. Хохот, позволяющий забыть на момент о страхе смерти, об ужасах войны, о себе самом.

Вы выходите на улицу. Всё то же самое. Весна, палатки, купол шапито. Но что-то не так. Что-то навсегда умерло. В вас. Бессмысленность. Немота.

2

Шёл третий месяц войны.

Паспорта клоунов тщательно проверяли. Российская виза вызывала подозрения, даже если ты волонтёр. Многие здесь просто боялись русских. Русская речь пугала, возвращала к пережитым ужасам. Клоуны получили разрешения на работу, выслушали правила (нарушишь одно — и тебе запрещено появляться здесь снова).

— Здесь у нас столовая, — вёл экскурсию по TESCO волонтёр. — Возьмите воды. Здесь у нас клетки с птицами. Я не знал, что люди всё ещё держат птиц как домашних животных.

«Я не могла понять какой сейчас день недели. Я могла только считать дни с начала войны: три дня, пять дней, семь, четырнадцать, двадцать один, сорок».

— Мы расклеили над каждой комнатой плакаты с названием страны, — продолжал волонтёр. — Люди выбирают, куда поедут дальше. Мы расселяем их по комнатам. И уже там они ждут очередь на автобус.

«Перестань их читать».
«А вдруг я не прочитаю новости, а там сказали, что уже можно возвращаться домой».

— Тут у нас Германия, Франция, — он ткнул пальцем в заламинированную табличку. — Там дальше Англия, Литва и Латвия. Мы стараемся отправлять людей как можно быстрее. Но иногда приходится подождать.

«Эта зима была очень тяжелой. Постоянный холод и перебои с электричеством. Я заметила, что уже привыкла двигаться в темноте. Теперь я и днём так передвигаюсь, сжимаюсь, чтобы не удариться обо что-нибудь».

— А здесь у нас комната для женщин, переживших насилие, — тихо произнёс волонтёр. — Мужчинам туда входить нельзя.

«Почему я тут?»
«Вы стоите вне очереди».

— Ну, вроде всё, что вам надо знать, — подытожил волонтёр. — Да, туалет у нас в конце коридора.

* * *

С музыкой клоуны шли по коридору. Робин остановился у одной из комнат. На всё помещение одна тусклая лампа. Услышав в коридоре мелодию, старушка с прозрачными волосами вскочила и стала танцевать. Балерина в музыкальной шкатулке. Женщина однообразно кружилась по тёмному помещению: руки на плечи партнёра, которого не было. Улыбка на хрустальном лице.

Мистер Робин поднырнул под женские руки. Стать этими плечами. Но он был лишним в их танце.

Робин выхватил из кармана воздушный платок и подбросил его женщине. Непредсказуемость и лёгкость платка сбила её с ритма.

—Ух! — вырвалось у неё.

Она поймала платок. Задержала в руках, ощутила его мягкость и воздушность. Перекатив его в пальцах, она перебросила платок Робину.

— Я бы тоже потанцевала, — горько произнесла тучная женщина и стала нащупывать что-то под раскладушкой, добавив: — Если б могла.

Она пошарила рукой в темноте. Нащупав костыль, подняла его над головой. Оправдание немощности. Перекатилась на край раскладушки и села. На пол опустились две опухшие ноги. Эти ноги давно уже не влезали ни в одну обувь, кроме чешек.

— Ничего, — сказала вошедшая Нуну (образ старушки с клюкой давал ей такое право), — можно танцевать и руками.

Тяжёлое тело женщины сидело в пледах. Робин присел на колено и взял её за руку. Позади него стояли клоуны. В четыре инструмента они импровизировали мелодию. Под эту мелодию руки описали круг в воздухе, затем другой, пока в движении не появилась уверенность. Робин на секунду отпустил женскую ладонь и дал ей самой вернуться к нему. Ладони снова сошлись и устремились вверх. Музыка сопровождала их. Чем выше взлетали их руки, тем ближе оказывались друг к другу лица. Робин поцеловал женщину в щёку.

Наступила невероятная лёгкость и тишина. На соседней раскладушке заплакали две женщины.

«*Я читала где-то, что...*» — отобразилось на экране начало сообщения.

Вернувшись в машину, я снял нос и, кликнув на экран, перешёл в сообщение.

Сьюзи Фергюсон. Возможно, единственный в мире человек, которому не нужно было объяснять, где я нахожусь и что чувствую.

«*Я читала где-то, что зарянка — единственная птица, которая поёт зимой. В её пении нет биологического императива: слишком рано, чтобы петь. Она поёт ради удовольствия. И я подумала: ведь люди, которых ты встречаешь там, застряли в 24-м февраля. Нет причины, чтобы петь. Но Мистер Робин поёт им. Не знаю, мне кажется, ты даришь им проблеск весны, хотя бы её возможность. Как бы напоминаешь, что весна существует, существует внутри нас. Ты поёшь, потому что можешь. Чтобы упражнять надежду. А, может, это сама надежда поёт тобой. Спускаясь в ад, ты показываешь, что и там можно оставаться с открытым сердцем, что и в аду можно петь*».

Женщина сидела на раскладушке, упёршись головой в металлическую балку, подпирающую потолок.

— Вы единственное яркое пятно в моей жизни сейчас, — найдя в себе голос, произнесла она. — Спасибо вам огромное, — улыбка скользнула по её лицу и исчезла.

Повисло страшное молчание.

— Это нелюди, нелюди, — и вдруг опомнившись: — Могу я так говорить?
— У вас есть полное право так говорить, — Робин присел к ногам женщины.

Она отвела глаза. Её руки таяли в ладонях Робина. Полупрозрачные. Сквозь кожу проступал голубой узор вен. Она сжимала руки Робина и благодарила, благодарила, благодарила. И уже не благодарила, а благословляла:

— Я желаю вам, чтобы вы никогда, никогда не видели того, что видела я.

Ей нужен был свидетель. Кто-то, кто услышит её историю. И Робин слушал.

— Как вас зовут? — спросила женщина.

Её вопрос застал Робина врасплох. Он на момент задумался: «Как представиться: как клоун или как человек?».

— Мистер Робин, — сказал он, вспомнив те две минуты на пограничном контроле.
— Вы выглядите усталым, Мистер Робин. Спасибо, что слушаете меня.

Пауза.

— Я из Харькова. Такой красивый город… — И вдруг, как упавший с крыши сугроб, — Был. Они звери. Звери, понимаете. Разве то, что они делают имеет смысл?
— Нет. Конечно, нет!
— Харьков был таким красивым.
— Я бывал там, — сказал Робин.
— Были? — удивилась женщина.

Она внимательно вглядывалась в Робина. Бесцветные глаза. Что-то блеснуло в них. Блик солнца в золоте купола. И вдруг радостно:

— Вы знаете Нетеченскую набережную? Я помню, как гуляла по ней с внучкой, — взгляд стал стеклянным, и с болью, — Я помню, как вылетело стекло. У меня отнялись ноги. Земля теперь скользит. Выскальзывает из-под ног, понимаете? Я всё ищу такое положение, чтобы я встать с этой раскладушки могла. А то лягу, а встать никак. Земли нет. Конечно, ходить я уже не смогу. У вас такие добрые глаза.

Пауза: взгляд.

— Мне пришлось оставить всю свою библиотеку…

Пауза: воспоминание.

— Ничего этого уже нет…

Робин слушал. Вглядывался в глаза. Превращается в ангела? Чем пристальнее, чем внимательнее он всматривался, тем более явным виделся ему этот переход. Соткана из света.

— Вы невероятно красивы, — сказал Робин.

— Спасибо, — смутилась женщина. И вдруг, — Я вам желаю никогда, слышите, никогда такого не испытать.

Она сжала руки Робина крепче.

Ангел.

Снова пауза: взгляд. Два сострадания.

— Ваши коллеги уходят, — прервала молчание женщина. — Идите, идите. Вам ещё других веселить.
— Ничего, другие подождут. Я хочу ещё чуть-чуть побыть с вами.
— Мне сейчас очень хорошо, — тихо произнесла женщина. — Понимаете, хорошо. Я не помню, чтобы мне было хорошо с начала войны.

Женщина вглядывалась в свои руки, прижатые к груди Робина.

— Ну, будет. Ступайте, вам пора.

Они разъединили ладони. Губы женщины дрогнули в нежной улыбке. Вот-вот заплачет. Она снова опёрлась виском о балку.

Уходя, Робин прикоснулся к её спине, из которой торчали острые лопатки.

«И правда, похожи на крылья», — подумал Робин и пошёл, спотыкаясь о мешки и борта раскладушек, к выходу. Пол уплывал.

* * *

Клоун не может прекратить войну. Но приостановить её — хотя бы для одного человека и хотя бы на короткий миг, пока они вместе, — в его силах.

Когда работаешь с травмой, чувствуешь себя героем мифа об Орфее. Тебе предстоит спуститься за человеком в Аид, и, чтобы сделать это, тебе понадобится арфа. Инструмент, чтобы очаровать Аида. Без него ты окажешься лицом к лицу с травмой, и в этом противостоянии у тебя не будет шансов. Поэтому крепче держись за инструмент, которым ты лучше всего владеешь. Иначе травма уничтожит и тебя.

Пожилая пара делила одну раскладушку на двоих. Тугая тканевая поверхность напряжённо провисала под предельной воплощённостью женщины и почти не отзывалась на присутствие старика. Пошуршав целлофаном, женщина протянула мужу горбушку.

— А вы похожи, — ткнула в бок мужа женщина, заметив Нуну с клюкой. И, смакуя корочку чёрного, — сейчас бы фаршированной шейки.
— С печёной картошкой, — откликнулся Мистер Робин.
— Со сметаной, — сглотнула женщина. — «Бычьи сердца» с огорода. Знаете, порезать их вот так, — она полоснула ладонью по воздуху в руке. — Лодочкой. Посыпать брынзой. И красиво на тарелку. У нас же бутылка домашнего вина осталась в Одессе, — вспомнила женщина.
— Так давайте её выпьем, — загорелся Робин.

Он выхватил из воздуха очертания бутылки. Протёр рукавом, обозначив силуэт. Щёлкнул языком: звук пробки. И стал разливать вино по пузатым бокалам. Невидимое по невидимому. Себе, Нуну. Рука Робина зависла в воздухе. Женщина медлила: «как-то глупо?». Робин настаивал.

— Давай, — локтём подтолкнула мужа. — Чего сидишь?

Старик нехотя подыграл. Жилистая рука потянулась к бутылке: наливай.

— За Одессу, — произнесла женщина.

Звонко.

Они чокнулись кулаками.

Внезапно женщина решила рассказать анекдот. О сиддхе, хмелеющем от одной мысли о водке. Опьянела.

Перед взором Робина живой картиной встала история Питера Брука.

Брук идёт по послевоенному голодающему Гамбургу. Перед ним по улице бегут дети. Они забегают в руины бывшего ночного клуба. Брук ускоряет шаг и входит за ними. В глубине зала установлена сцена. На сцене, в декорациях голубого неба, на облаке сидят два клоуна. Ожидая аудиенции у Королевы Неба, они зачитывают друг другу список продуктов, которые попросят у Королевы. В зале стоит тишина. Голодающего Гамбурга больше нет. Дети насыщаются словом. Потому что в ужасные времена, когда невозможно думать ни о чём, кроме еды, человек питается образами.

6

По дороге из TESCO я набирал Сьюзи текст сообщения. Я писал из переполненной машины. Семь человек на пять мест.

«Знаешь, с кем бы из мужчин я здесь ни говорил, они все оправдываются. Объясняют, почему не в Украине. А я даже не спрашиваю. Тем более не упрекаю. А у них чуть ли не в каждом слове оправдание: почему он нужен тут. "Вы же понимаете, у меня четверо детей". "Кто-то должен о моей матери позаботиться". "Я посылки своим посылаю". Видимо, комплекс вины».

Машина свернула на просёлочную дорогу. Меня начинало укачивать. Я продолжал:

«Позавчера познакомился с волонтёркой. Пошутили, посмеялись. Надел ей красный нос, и пошли работать вместе. Получился отличный дуэт.

А сегодня работал с Нуну. Тут есть угол со столами регистрации. Там идёт распределение по Европе. Выбираешь куда и ждёшь автобуса. Столы постоянно пустые. Люди не могут определиться, боятся. От этого их дальнейшая жизнь зависит. Я водил Нуну от стола к столу. Играли кризис выбора. И тут вижу в комнате волонтёрку. Она сидит на раскладушке и перебирает вещи. Оказалось, тоже беженка».

Мне становилось дурно.

«Она увидела меня и отвернулась. Я подошёл узнать, что случилось. А она вдруг: ты оставил меня здесь. У меня земля ушла из-под ног. Кое-как нашёл правильные слова. Извинился. Мы обнялись и пошли в ещё один тур по TESCO. А мы завтра уезжаем. Надо же как-то ей сказать об этом. Сказал. Она заплакала. И так горько. Такими большими слезами. С мир. Сердце разрывалось.

71

Мы сделали селфи. Подошли клоуны и стали петь нам о расставании. Звучит как-то слишком. Но именно это и сработало. Нам уже было пора уходить. Мы попрощались и пошли. И снова вернулись. Как на перемотке. Снова ушли. Вернулись. Ушли. Вернулись. Пока она не засмеялась.

Сьюзи. Сколько всего в фигуре клоуна. Вот он приходит в центр беженцев. Ужасное место. И меняет его. Создаёт новые воспоминания. Знаешь, я верю, что некоторые люди, хотя бы эта девушка, запомнят его не как разверзшийся ад, а как место, где они встретили кого-то».

Меня вырвало на пол.

7

Перед отъездом домой клоуны заехали на вокзал. Сделать последний выход.

Толпящиеся перроны: люди забивались в подошедший поезд. Всем места не хватало. Приходилось ждать следующего. Иногда сутками. Расписание поездов ничего не значило. Всё опаздывало. Лимб.

Балаганным шествием клоуны с музыкой вошли в центральный зал. У окошек кассы давка. Робин жонглировал разноцветными платками. Куски неба. Люди держались чемоданов. Срослись воедино. Руки подхватывали летящую ткань и бросали обратно клоуну. Каждый становился участником представления. Не прощались, но праздновали друг друга. Очертания танца.

В центре зала стояла женщина. Мистер Робин пригласил её на танец.

— Я не могу, — отнекивалась она. — У меня багаж. Не могу его оставить.

Робин ждал. Женщина отпустила чемодан и вложила руку ему в ладонь. Они закружились по центральному залу. Под музыку и аплодисменты. Солнце выглянуло из-за туч. Под потолком зажглась готическая роза. Разноцветная мозаика солнечных зайчиков на полу. Танцуют вместе с нами. Женщина завершила оборот, и Робин встретил её, заключив в объятия. Засмеялась. Счастливая. Нащупала рукой чемодан. Но уже не ей передалась тяжесть, а чемодану — её легкость.

Волонтёры позвали клоунов в следующий зал. Зал ожидания. Люди на решетчатых скамейках, похожие на птиц в клетках. Почему-то и там клоунов встретили аплодисментами.

Робин выпрямился, откинул воображаемые фалды и, выбросив руки вперёд, принялся дирижировать. Тише, громче. Разделил зал пополам. По взмаху руки одна половина замирала, другая гремела овацией, доходила до крещендо, опрокидывалась и возрождалась в первой. Борьба противоположностей. Робин вскинул обе руки над головой, и зал взорвался аплодисментами. Единство. Опрокинул руки — зал затих.

Робин коснулся плеча женщины, и его ударило статическим электричеством. Наэлектризованное тело.

— Суперсила? — подскочил Робин.

Женщина захохотала и, сложив руку пистолетом, прицелилась в Робина указательным пальцем.

— Постойте, подождите, — лепетал он. — Зачем так горячиться?
— Паф.

Робин нырнул рукой под лацкан красного пиджака, коснулся груди и поднёс палец к кончику языка. Вкус пустоты. Он опустился на скамейку. Встал. Подпрыгнул. Ноги подкосились. Робин сполз по стене. Вскочил. Сделал в воздухе оборот. Упал на колено, выбросив ногу вперед. Согнулся. Умирающий лебедь. Снова поднялся на ноги. Оборот. Зал ожидания резонировал хохотом.

— Паф.
— Паф.

Дети были не прочь пустить в Робина ещё по одной пуле. Но смерть никогда не побеждает хохот, а потому Робину не суждено умереть.

Шествие клоунов двинулось дальше и остановилось в коридоре. На длинной скамейке, зарывшись в куртку, дремал мужчина. Руки и ноги скрещены. Снятый с креста. Острый подбородок вонзался в грудь. Волосы на висках и затылке липли к голове. Снятый терновый венок.

Музыка клоунов превратилась в колыбельную. Мужчина разлепил глаза и как-то неожиданно скоро и легко улыбнулся. Ждал. Робин сел рядом с ним. Солнце светило через вокзальные окна, золотя лицо мужчины. Льнёт как к создателю. Робин заглянул ему в глаза. С трепетом: слишком близко для взгляда. Златоглазый. На лице дрожала улыбка. Тишина. Красота раненого человека. Красота сострадания. Красота самой возможности жизни. Лицо Робина превратилось в улыбку.

ЭПИЛОГ

Травма переходит к своему свидетелю, к тому, кто оказался рядом. И, как Орфей платит свою цену, выйдя из Аида, я платил свою.

* * *

— Почему, почему мне так тревожно? — жаловался я Ирене из клиентского кресла.
— Можно я бронебойными? — спросила Ирена и тут же пояснила: — Чтобы сохранить тебе время.
— Давай.
— Давно ли ты рыдал, дорогой?

Отдаваясь звоном в ушах, вопрос врезался в мясо. Звенела броня, которую видела Ирена, и о которой не подозревал я: она уже срослась со мной. Броня защищала меня от боли. Но теперь она была пробита. Я зарыдал. Впервые с начала войны.

— Ну почему? Почему? — кровь полилась из носа от резко схлынувшего напряжения.
— Что почему, душа моя?
— Почему всё это происходит? Кому всё это понадобилось? Для чего весь этот ужас?
— Мужайся, друже, и готовь сердце — будут ещё горести. Ты сейчас едешь в Индию. Загадай встретить какого-нибудь гуру, поговори с ним. Там умеют исцелять душу.

* * *

Я сидел на крыльце ашрама, расположенного у подножья священной горы Аруначала. Погруженные в себя люди молчаливо плавали по саду, словно золотые рыбки в аквариуме. Индийское солнце садилось в размашистую крону многоногого баньяна. И вдруг все куда-то делись. Я остался один. Здесь никогда не бываешь один. Одно только это наводило на мысль о чуде. Меня вдруг снова охватила огромная грусть — не о чем-то конкретном, но обо всём сразу, о всей прожитой и непрожитой жизни, о жизни всего живого и мёртвого. Перед моим взором проносились картины, увиденные в аду.

— Господи, — зашевелились мои губы, — прости меня. Дай мне сил всё это достойно пережить. Дай мне сил стать лучше. Не оставляй меня.

В эту минуту в ворота вошёл согбенный старик. И странно: я почему-то был уверен, что он шёл именно ко мне. Я никогда не видел его здесь, хотя знал в лицо каждого прихожанина. Обвешенный пакетами, он шёл долго и тихо.

— Как ты? — спросил старик.

Никто и никогда не начинает в Индии знакомство с вопроса «как ты?». Единственно верным началом было бы — «откуда ты?». Но откуда я, старика не интересовало. Он будто знал это.

— Я? Нормально, — и тут же спросил себя, не соврал ли? Нет, не соврал: я уже не мог сдерживать улыбку. Каким-то чудесным образом само присутствие старика меняло весь пейзаж моей жизни.

— Хорошо, — ответил старик. — Каждое утро я поднимаюсь на вершину горы, — и, оборвав интонацию, обещающую продолжение, полез в мешок и достал камень. — Этот камень оттуда, с вершины Аруначалы. Возьми.

Поражённый — ещё до приезда сюда я решил, что привезу кусочек священной горы, но рука не поднималась подобрать его с земли — я взял из рук старика камень и покрутил в пальцах. Это был красный гранит, отполированный временем. Я не мог сдержать детской улыбки. Я чувствовал: я был освобождён. Старик хлопнул меня по плечу и побрёл дальше, пока наконец не растворился в воздушных корнях одинокого баньяна. Ашрам очнулся, и по нему вновь поплыли погружённые в поиски себя люди.

ДЕТИ ЛАЭРТА

Ни циклопы, ни лестригоны,
ни разгневанный Посейдон не в силах
остановить тебя — если только
у тебя самого в душе они не гнездятся,
если твоя душа не вынудит их возникнуть.

Константинос Кавафис

АЛКИНОЙ

Война застала меня в городе на юге Индии. Город-ашрам украшал подножье одинокого холма, имя которого — Аруначала. Красная священная гора. Местные жители верят, что нахождение рядом с Аруначалой или просто мысль о ней приводит к освобождению от страданий. Утром и вечером в ашрамах служат пуджу в честь милосердной горы: поют гимны, льют молоко, мёд и розовую воду, украшают лингамы цветочными гирляндами. Каждое полнолуние сюда съезжаются сотни тысяч человек, чтобы совершить вокруг горы ритуальный обход. Ашрамы кормят путников рисом и кёрдом. Я стоял в очереди, когда закутанный в охру бродячий свами встряхнул газетой, и с первой полосы на меня перекинулось пламя горящего Киева. Не нужно было знать тамильского языка, чтобы прочесть этот заголовок.

Россия напала на Украину. Началась война.

Через пару дней со мной связалась Ирена, мой психотерапевт.

«Очень нужны больничные клоуны — отвлекать детей в подвалах и метро. Онлайн. Есть возможность помочь?».

Ирена дала мне контакты координатора кризисной психологической помощи. Мы списались. Евгения сообщила мне дату и время следующей встречи и рассказала о правилах, которые нужно соблюдать: в первую очередь конфиденциальность (поэтому все имена в этой книге изменены) и никаких громких звуков.

— Сначала мы убедимся, что все находятся в безопасности, и в укрытиях есть еда и вода, — объясняла Евгения, как будет строиться сессия. — Затем работа с дыханием и телом. Арт-терапия и вывод ребёнка в ресурсное состояние. Обычно мы вместе поём или читаем друг другу сказки.

* * *

Брифинг перед началом.

— Если кто-то не смотрит в экран, — Евгения перевела телефон в беззвучный, — просто обратитесь к ребёнку по имени. Имена в зуме видны. Есть те, кто предпочитает не включать камеру, и те, у кого слишком плохая связь для видеозвонка. Пусть вас это не смущает. Мы только запустили эту группу, в ней пока двенадцать детей, но группа будет расти и будет работать не один год. Даже когда Украина победит, детям ещё долго нужна будет поддержка.

«Когда Украина победит». Она произнесла эти слова буднично, как если бы это было общее место, как «добро побеждает зло». Я легко мог себе представить, что с этих слов начинались звонки матерям в Мариуполь или заканчивались сказки детям в бомбоубежищах. «Когда Украина победит».

* * *

В окошках зума начали появляться дети. Никакого дневного света. Наглухо зашторенные комнаты, коридоры, подвалы. Кто-то один, кто-то вдвоём с сестрой или соседской девочкой, у кого-то на заднем плане целый подъезд. Кроме детей, присутствовало несколько взрослых, среди которых два психолога. Мы с Ивитой ждали с выключенными камерами.

Очередь говорить дошла до женщины в шапке. На спинку её кресла было накинуто пальто, видимо, чтобы не тратить время на сборы. На руках она держала огромного чёрного кота. Женщина представилась и стала бессвязно рассказывать о том, как прошел её день. Голос её был настолько высоким, что, казалось, уже не принадлежал ей. Она говорила из местоимения «мы»: «мы с Кузей сходили туда-то», «мы с Кузей сделали то-то», «мы с Кузей прятались там-то». Кот выскальзывал у женщины из рук, но она раз за разом возвращала его обратно на колени. Создавалось впечатление, что Кузя — хранитель её шаткого душевного равновесия. Уйди кот, исчезнет и спокойствие. «Мы с Кузей» звучало как попытка присвоить себе кошачью безмятежность, а заодно и все девять жизней. Женщина пряталась за ним, искала защиты, какой мы просим у высших сил, когда стоим на пороге отчаяния.

Убедившись, что дети в безопасности, Евгения передала нам слово.

Оставаясь за кулисами, я включил микрофон, и мой клоун — Мистер Робин — стал насвистывать. Певчая зимняя птичка. Робин был в прекрасном расположении духа. Дети прилипли к экранам. Они ещё не видели его, только угадывали в чёрном квадрате. Появилось изображение: танцующий клоун в маленьком красном пиджаке, не подозревающий, что на него смотрят. Безжалостный детский смех. Клоун замер: «Кто здесь?!». Робин взглянул в монитор: «Какой позор быть застуканным за этим глупым танцем!».

Оказаться в дурацком положении — отличный способ начать. Это моментально расставляет нужные акценты, ставя клоуна в позицию главного дурака в комнате и возвышая на его фоне всех остальных. Клоун сочетает в себе две ипостаси: ранимость — потому что он хочет быть принятым, и искренность — поскольку ему нечего терять. Ведь он и так дурак.

Робин стряхнул с себя стыд унижения и перешёл к знакомству. Он читал имена участников, подбирая им прозвища. Улыбка означала, что прозвище принято.

— Оля. Оленька. Олечка? Может О-ля-ля?

Оля рассмеялась. «О-ля-ля» ей вполне подходило. На вид девочке было лет девять. Длинные тёмные волосы, явно расчёсанные кем-то из взрослых, выглаженная цветная кофточка, внимательный, спокойный взгляд. Милая, маленькая, по-детски чудесная. Как утка мандаринка.

— А я Ту-у-ута, — сложив трубочкой губы, прогудела Ивита.

Окошки зума напоминали галерею живых портретов. Чем дольше мы общались, тем реальнее они становились. Сходили с экрана. Создавалось дополнительное пространство, которое объединяло всех. Чтобы расширить его, у Робина с Тутой был заготовлен «гэг».

Тута вытащила из-под шляпы красный нос, чихнула, и он оказался у Робина — на другом конце света. Клоун в недоумении попытался вернуть его обратно — не получилось. Может, если закроет глаза… Тоже нет. Наконец Робина осенило: нужно волшебное заклинание! Он сжал мячик в кулаке и вдруг понял, что не знает слов. Заклинание нужно было придумать.

Дети набрасывали бесконечное количество вариантов. Ребёнок всегда приходит на помощь, когда видит клоуна в затруднительном положении. Так он возвращает себе чувство контроля. Вскоре заклинание было найдено и произнесено вслух. Робин разжал кулак — мячик исчез и вернулся в шляпу Туте.

— Я тоже фокусы умею, — Тихон включил камеру и пододвинул к себе тарелку с овсяным печеньем. Подросток в капюшоне хотел проделать трюк с исчезновением, но сбился с последовательности. — Дайте мне немного времени. — Он отключил изображение.

В следующую секунду парень уже сыпал фокусами. Опускал печенье в чай и доставал только половину. Та-дам! Вторая растворялась. Зажимал печенье в кулаке, и оно превращалось в крошки. Запасы постепенно заканчивались, а он только входил во вкус. Тихон был готов заполнить собой весь эфир. Быть в центре внимания доставляло ему удовольствие. Клоуны уступали сцену.

Задор Тихона заразил остальных. Представление началось. Балаганчик. Каждый ждал своей минуты славы. Робин в роли конферансье: «Дамы и господа, сегодня вы увидите…» Трюки придумывались на ходу. Привычные вещи превращались в театральный реквизит. Волшебство сцены.

Игра обращала тревогу в предвосхищение. Ощущение волшебства создавалось абсолютным контролем над пространством и вещами.

Подходило время сворачивать балаганчик и возвращаться в комнаты. Чтобы осуществить этот переход, Робин предложил игру. Он показывал заранее заготовленные предметы, а дети искали у себя такие же или похожие. Кто делал это быстрее, получал победное очко.

В руках Робина сверкнула ложка, и все разбежались по кухням. Парад столовых приборов. Следом что-то белое и мягкое: подушка! Бегом к кроватям. Шляпа — в родительский гардероб. Примерочная. Тихон натянул на капюшон ушанку, Оля накинула шляпу с кремовой лентой, утонув в ней по глаза. Кульминацией был красный нос. Шанс, что у них найдётся такой же, минимален, а потому задача требовала нетривиального решения. Оля вернулась с красным ёлочным шаром, Тихон достал откуда-то красный бильярдный, Кристина и Лиза, делившие комнату, наклеили на нос по розовому сердечку с блёстками. Они старались рассмешить друг друга. Забыли о феврале.

Мистер Робин озвучил результат. Победила Оля-ля-ля. Тута запела её прекрасное новое имя — имя её клоуна. Овация! Дети хлопали сами и потому не боялись шума аплодисментов. Они праздновали победу.

Робин пообещал, что вернётся через неделю. Виртуальные объятия и — в знак принадлежности к Ордену Дурака — тайное приветствие.

Теперь дети знали точно: какими бы ни были шесть других дней, на седьмой они выйдут в зум, и там их будут ждать клоуны. Они могут жить этим ожиданием всю оставшуюся неделю.

* * *

Вернувшись из Индии, которая для меня исчезла за лентой новостей и чередой зумов, я связался с клоунами из Харькова. Большинство из них уже покинуло город, но кто-то ещё надеялся, что этот ужас скоро закончится. Но ад только распахивался. Утратив надежду, уехали последние.

«Харьковских клоунов» больше не существовало. Связь между ними была оборвана, они оказались разбросаны по всей Украине. Спасая себя и свою семью во время эвакуации, вместе с паспортом и тёплыми вещами каждый кинул в чемодан красный нос. «Смешно, я оставила свой дом, но всё, о чём я думала в дороге — только б ниточка от носа не порвалась».

Я переписывался с каждым клоуном по отдельности. Многие не знали, где находятся их коллеги, живы ли они. Хотелось восстановить связь между ними: они должны были услышать истории друг друга.

Мы решили сделать общий звонок. Их рассказы поражали не столько описаниями ада, в котором они оказались, сколько страшной способностью человека к этому аду приспосабливаться, подчинять его своему быту, как какую-нибудь кастрюлю.

— У меня зум с детьми, — рассказывает Ира, — а в небе над городом ПВО сбивает ракеты. И я думаю, какой сюрприз будет для тех, кому потом разгребать завалы: найти под обломками клоуна.

Я старался делать всё, что в моих силах, чтобы в них не умер клоун. Именно в клоуне мне виделось их спасение.

— Так важно, — вытирая слёзы, благодарила Олена, — что есть кто-то со стороны, кто уверенно стоит на ногах. Как здорово слышать твой спокойный голос и самому успокаиваться. Ты даёшь нам ощущение почвы под ногами».

Через три месяца команда воссоединилась и начала работать в центрах переселенцев, ездить с гуманитарными миссиями в Польшу и Молдову. Больничные клоуны Харькова выстояли.

В ПУТЬ

Десятки городов Украины были стёрты с лица земли. Убийства, военные преступления, массовые захоронения, пытки, геноцид. Никогда ещё война не документировалась так подробно. Каждый случайный свидетель мог снять её на телефон. Иди и смотри. Мир превратился в стеклянную галерею ужаса.

Оправданно ли ехать туда? И что могут сделать два клоуна перед лицом катастрофы такого масштаба? Сколько людей мы там встретим? С чего я вообще взял, что могу предложить им что-то? Что война сделает со мной? Каким я вернусь и вернусь ли вообще? Стоит ли моя безопасность бездействия?

Два клоуна — Доктор Мейби (Сьюзи Фергюссон) и Мистер Робин (Игорь Наровский) — отправлялись с гуманитарной миссией во Львов.

* * *

Наш корабль покидал берега Итаки.

Несущийся навстречу горящий мир обжигал тревогой. Полоска света. Глазго, Эдинбург, Варшава, Жешув. Вокзал, раздражённые поляки, беженцы, волонтеры. Горе, безразличие. «Прошу прощения, как добраться..?» Отстранение — как будто нас не существовало. Гугл. Голова кругом. Господи, куда мы едем!

Я становился всё более и более болтлив. Старался заговорить тревогу. Сьюзи заметила это и попросила прочесть ей что-нибудь из книги, которую я взял с собой. Я открыл её и стал читать вслух.

Рибху Гита.

«Миры иллюзорны. Различные состояния иллюзорны. Обители иллюзорны. Страх также иллюзорен. То, что даёт поддержку, иллюзорно. Наслаждение иллюзорно. Множественность привязанностей иллюзорна.

Учитель также иллюзорен. Благие качества и недостатки также иллюзорны. То, что тайно, иллюзорно. Исчисления иллюзорны. Движение иллюзорно. То, что пройдено, иллюзорно. Всё иллюзорно. Сказанное иллюзорно.

Рабство, освобождение, счастье, страдание, медитация, ум, боги и демоны, вторичное и главное, высшее и отделённое — всё иллюзорно, в этом нет сомнений.

Всё, что описано словами, совершенно иллюзорно. В этом нет сомнений. То, что создаёт воображение, или помышляет ум, то, что решает интеллект, то, что познаётся мышлением, и всё, что есть в этом проявленном мире, иллюзорно. В этом нет сомнений.

Что бы ни слышали уши и не видели глаза, сами глаза, уши и тело — всё иллюзорно, в этом нет сомнений.

Что бы ни определялось как «это» или воображалось как «это», какой бы объект ни познавался — всё иллюзорно, в этом нет сомнений.

Все различия и разнообразие и все намерения иллюзорны. Все недостатки и их различие полностью иллюзорны, в этом нет сомнений.

Какие бы ни совершались благие дела, какие бы ни были злые поступки, и что бы ты ни делал искренне — всё это иллюзорно. Будь уверен в этом.

Это всё и все я — всё это Брахман. Будь уверен в этом. Всё, что кажется понятным, — иллюзорно. Будь уверен в этом.

Всё это — только сознание. Всё состоит только из сознания. Отражение Атмана — только сознание. Всё состоит только из сознания.

Весь мир также — только сознание. Всё состоит только из сознания. «Твоё» и «моё» также — только сознание. Нет ничего, кроме одного сознания.

Всё есть неделимая единая сущность, которая есть только сознание. Прошлое и будущее — это только сознание. Всё состоит только из сознания.

Видящий и видимое, познающий и познаваемое, подвижное и неподвижное — это только сознание. Всё чудесное — это только сознание. Воистину, тело — только сознание.

Вечное и преходящее — это только сознание. Воистину, всё только сознание. Нет ничего вечного, кроме сознания; нет ничего реального, кроме сознания».

Жар отступил. Я отложил книгу. Хотелось есть.

Солнце медленно садилось. Рапсовые и пшеничные поля за стеклом автобуса превращались в рассеянный жёлтый. Что-то из Моне. Мимолётность и ускользание.

Ночёвка в Жешуве. Мы вышли из автобуса, достали из багажного отделения сумки и пошли по пустому городу к гостинице. Возвращалось состояние покоя. Первый берег. По дороге мы зашли в ночной магазинчик, купили хлеба, сыра и пару груш на ужин. Скинуть сумки, быстрый душ и рухнуть на кровать.

* * *

Утро. Пара часов на поезде, и мы в приграничном поселении Медыка. В нём с начала войны был разбит палаточный городок. Мы прозвали его «Буфер любви». Здесь людям, бежавшим от войны, предлагались вещи первой необходимости: горячая еда, одежда, сим-карты и шаттл до ближайшего центра беженцев. С тех пор как мы были здесь полгода назад, поселение заметно уменьшилось. Там, где раньше стояли палатки, теперь отцветали сорняки. Головокружительный запах горечи. Некоторых волонтёров я помнил ещё с прошлых миссий, когда мы работали на границе в марте и мае. Нам дали по бутылке воды и показали на палатку, где мы могли переодеться.

Новая волна беженцев скоро опять двинется сюда, но мы об этом ещё не знали. Пока что очередь стояла в направлении Украины: женщины с детьми возвращались домой.

КАЛИПСО

На границе было очень жарко. Вспоминались слова Ирены: «Те, кто уехал в феврале-марте, до сих пор думают, что дома зима и холод».

Чья-то рука откинула полог палатки. Девушка, волонтёрка центра поддержки «Блакитна Точка»

— Мы клоуны, — объяснил я, — хотим поработать. Можно мы переоденемся у вас?
— Конечно, — улыбнулась она, — заходите. За ширмой у нас игровая. Используйте её.

Мы прошли за ширму и очутились в детском уголке. У входа стоял кукольный домик. Чуть в стороне — детский столик, на котором лежала нетронутая пачка бумаги и коробка идеально заточенных карандашей. Под столом ящик с игрушками. Безупречный порядок, как будто дети разучились играть и больше не заходили сюда. Я чувствовал себя великаном, заброшенным в маленький, безжизненный мир. Хотелось поскорее переодеться и уйти.

Привычный образ Мистера Робина: безразмерные серые брюки на подтяжках, рубашка, красный пиджак. Чёрные приплюснутые ботинки. Оставалось только приколоть жабо и надеть синюю яйцевидную шляпу.

Сьюзи переодевалась в Доктора Мейби. Глядя в экран телефона, она красила губы в ярко-розовый. На ней была пышная бирюзовая юбка, белая блузка и красные босоножки. Очки без стёкол добавляли персонажу строгости. Обманчивое впечатление.

Из-за жары мы взмокли ещё в «гримёрной».

Со Сьюзи мы познакомились всего пару месяцев назад на всемирной конференции клоунов. Описывая проблему Украины, организатор произнесла со сцены фразу, которую я запомнил навсегда: «Мы все беженцы из великого Ничто». Возможно, после этих слов я и оказался здесь.

Сегодня был наш первый выход со Сьюзи. Мы не знали, что из этого получится. Неизвестность будоражила.

Последние приготовления на пустыре за палаткой: отвернувшись, каждый совершал свой ритуал перехода из человека в клоуна. Мистер Робин заранее был в восторге от любой идеи Доктора Мейби. Ему не терпелось предложить лучшее, что у него было: несовершенство, искренность и свободу. Мейби и Робин обернулись и впервые увидели друг друга. Восторг и лёгкость!

Робин взял Мейби за руку и высоко занёс ногу для первого шага, но вдруг остановился. Лучше сделать первый шаг вместе. Он вернул ногу на землю и посмотрел Мейби в глаза. Если шагнут одновременно, то это будет означать что-то важное и большое. Но одновременно не получилось. Ещё попытка. Вдох, вскинутая нога… Мейби отвлеклась на пролетающего жука. Заново.

Всё это время за клоунами наблюдали. В тени на паллетах сидели две пожилые женщины с лицами архангелов — строгие, оберегающие — и зажатый между ними мальчик, будто не чувствующий их присутствия. Чуть в стороне курил самокрутку и снимал клоунов на телефон мужчина, похожий на серую цаплю. С птицей его роднили не столько сгорбленность и вытянутое лицо, сколько его странная пластика. Сосредоточенное ожидание, которое время от времени переходит в плавное и чёткое движение. Предельная собранность.

Заметив камеру, Робин и Мейби тут же оставили идею синхронно начать, чего у них так до сих пор и не получилось, и зашагали по выжженной земле, как по высвеченному в темноте подиуму.

Выход, размашистая походка, точный, соответствующий образу жест. Точка. Уход за кулисы с остановкой и оборотом в конце.

Мужчина смеялся и кашлял. Его самокрутка незаметно погасла. Выписывая очередной круг, когда Мейби и Робин должны были холодно пройти мимо друг друга, они споткнулись о складку брезента и завалились в брошенную на земле палатку. Клоуны пытались подняться, опирались о колени, плечи и головы друг друга, подтягивали друг друга за шиворот. Кое-как получилось, но не спасло: ноги увязли в полотне. Робин боролся за свой ботинок. Схватившись за пятку, он пытался её вытащить. Рывок. Робин поднял ботинок над головой. Получилось! Он кинулся его надевать, но обнаружил, что держит в руках булыжник. Перепутал ботинок с камнем! Гэг удался: казалось, даже палатки вокруг раздувались от смеха. Робин положил булыжник обратно и неловко улыбнулся. Похлопав по карманам, клоун достал губную гармошку. Музыка завладела им. Робин воодушевлённо вышагивал по полотну, высоко вскидывая перед собой ноги. Ватиканский гвардеец.

В ловушке всё ещё оставалась Мейби. Не зная, как подступиться, Робин топтался у кромки полотна. Растерянный взгляд на мужчину. Тот указал на стоящий поблизости шатёр.

— Там есть верёвка, — мужчина положил потухший бычок на паллету.

Робин бросился к шатру. Приподняв распашную дверь, он поднырнул под брезент и оказался между шатром и накидкой, защищавшей от дождя. Он продвигался между двумя стенками, будто шёл по коридору меж двух миров. Ткань вздымалась, обрисовывая силуэт идущего за ней клоуна. Робин выглянул из-под накидки и вопросительно посмотрел на мужчину.

— Нет-нет, — засмеялся тот. — В другую сторону!

Робин нырнул обратно и исчез. Ткань повисла. Пробравшись во внутреннее пространство палатки, он оббежал её по кругу и выскочил с другой стороны. Мейби тянулась к Робину за помощью.

— На колено, — подсказывал мужчина. — Вставай на колено! — И, видимо, больше не в силах себя сдерживать, показал — как.

Робин попробовал повторить. Получилось нелепо, как отражение в кривом зеркале. Клоун без труда мог сделать это тоньше и артистичнее, но важней было закрепить за мужчиной роль отцовской фигуры, непреложного авторитета. Положение Робина менялось. Выходило, что он не спасал Мейби, а просил у неё руки и сердца.

Вспомнились фотографии со свадеб в подвалах. Самые близкие родственники, хлеб, иконки и свидетельство о браке. И никаких подвенечных платьев, разве что фата.

Мужчина был прав: нет такой ситуации, где любовь не была бы спасением.

— Музыку, маэстро! — крикнул Робин, и тот загудел марш Мендельсона.

Мистер Робин и Доктор Мейби исполняли свадебный танец. Мужчина с самокруткой — уже не провожающий, а священник. И люди вокруг — не волонтёры и беженцы, а гости на свадьбе двух клоунов. Робин и Мейби танцевали на раскинутом брезенте. Палаточный городок приветствовал новую семью.

ЦИКЛОП

Робин шёл по перекладине низкого забора. Канатоходец. К концу июля поток возвращающихся немного сократился. Уткнувшись в стекло здания польского пограничного пункта, Робин встретился взглядом с циклопом. Камера внешнего наблюдения подмигнула красным огоньком. Робин спустился на землю.

Оглянувшись, он с ужасом обнаружил себя по другую сторону забора. Робина утаскивало вместе с людьми в металлическую вращающуюся дверь, которая вела внутрь здания. Войдя в неё, выйти обратно было уже невозможно. Мейби схватила Робина за руку. Рука выскальзывала. Запястье, ладонь, пальцы. Вот-вот совсем выскользнет. Разлука была неизбежной. Робина тащило по коридору, как проглоченный кусок еды по пищеводу. Через забор! Робин лихо проскочил между перекладинами, Мейби перепрыгнула забор сверху. Нелепость. Они так и остались по разные стороны. Совершая очередной акробатический трюк, клоуны застряли. Один — внизу, другая — на перекладине сверху. Отчаяние. Мейби достала укулеле и горько, трагически запела. Очередь прибывала.

Проталкиваясь через людей, к ней на помощь шёл высокий мужчина: сострадание и невозмутимость. Он подхватил Мейби на руки и аккуратно поставил на землю. Мейби не подозревала, что может быть такой лёгкой. Она сменила тональность и запела о спасителе. До мажор: ликование и благодарность. В воздухе зазвучало имя: «Андрей».

Зажатый между перилами забора Робин старался не терять самообладания и занять более выгодную позу. Перед глазами у него переминались чьи-то ноги, взлетали и бухались о землю сумки. Андрей не мог оставаться в стороне, когда на долю человека рядом с ним выпадало унижение. Он протянул Робину руку и помог подняться.

Андрей прощался с дочерью и внучкой.

— Марина, — с нежностью представил он свою дочь. — А это Эмма. Эмме в августе исполняется восемь. Да, Эмма? — он потрепал девочку по волосам.

Эмма отошла в сторону. Она закрылась от всех, сложив на груди руки: «я уже взрослая». Она и правда казалась старше своих лет.

Мейби на ходу складывала строки об их любви, которой предстояло победить разлуку и расстояние. Песнь об Андрее, Марине и Эмме. Мейби пела имена, которые они будут повторять перед сном. Андрей держался, чтобы не заплакать.

Дверь-карусель совершала один оборот за другим, не переставая. За ней исчезали целые семьи. Приближалась их очередь.

Карман Робина взвизгнул. Девочка заинтересовалась. Робин ткнул пальцем в забор, он зазвучал. И вот уже пищало всё вокруг. Настал черёд Эммы. Незаметно сжав в кармане пищащую игрушку, Робин прикоснулся к локтю девочки. Сложенные на груди ручки распахнулись. Словно не веря в реальность происходящего, она ущипнула себя: «Не может быть!». С удивлением и детским восторгом к Эмме возвращался её возраст. Семь лет, в августе будет восемь. Заподозрив подвох, она попросила Робина показать ей руки.

— Держи их так, — приказала девочка и нажала на ладонь.

Писк повторился. Мейби прятала за спиной такую же игрушку. Эмма улыбнулась. «Работает!».

Очередь уносила Эмму и её маму от дедушки. Они уже вошли в дверь, которая вот-вот совершит очередной оборот и протолкнёт их внутрь. Эмма ткнула пальцем в металлическое ребро карусели, вслушиваясь, не откликнется ли оно волшебным писком. «Пи!» Эмма засмеялась. А через миг исчезла за дверью.

* * *

После 24 февраля провожать родственников в Украину — тяжёлое испытание для души. Что делать с болью? Выпустить и зарыдать? А если это ранит тех, кого любишь? Скрыть и держаться? Как тогда не показаться безразличным?

У клоуна нет правильного ответа. И если бы даже был — кто обратится за советом к дураку? Но, фантазируя и празднуя жизнь во всей её бескомпромиссности, разрешая себе быть ранимым, поскольку это позволяет чувствовать глубже, клоун провоцирует людей быть настоящими, быть сильнее, чем они себе представляют. Клоун немыслим без проблемы, которую сам придумал и не может решить. Ему всегда нужен человек, который поможет. Так он возвращает человеку достоинство. Клоун даёт каждому шанс сиять, потому что любой рядом с ним предстаёт в выигрышном свете.

СЦИЛЛА И ХАРИБДА

Мы вернулись в палатку «Блакитна Точка». За время, что мы собирались, костюмы, разложенные на паллетах у входа, успели высохнуть. Мы кинули их в сумку и поспешили в очередь к польскому пункту пропуска. Нас ждал переход через границу. Между Сциллой и Харибдой.

После пяти вечера очередь увеличивалась. Рассказывали, что обычно идут утром и после полудня, чтобы не стоять под палящим солнцем.

Мы медленно двигались вместе с людьми к будке паспортного контроля, перед которой стояли двое сотрудников и избирательно досматривали сумки. Жребий пал и на нас. Иначе быть не могло. Нас отвели в сторону и попросили выложить содержимое сумок на стол. Меня досматривал мужчина.

Я достал из сумки клоунский костюм и мешок с реквизитом для мастер-класса. Они занимали почти всё место. Остальное мелочи: пара шорт и футболок, косметичка, зарядка для телефона, пауэрбанк.

— Что в мешке? — грубо спросил пограничник.

Я раскрыл мешок и стал доставать содержимое: мыльные пузыри, клоунские носы, метафорические карты. К такому сотрудник готов не был. Я продолжал вытаскивать: пищащая курица, спущенный пляжный мяч, жёлтая утка с лицом Зигмунда Фрейда. Досматривающий еле сдерживал смех. Пошли музыкальные инструменты: губная гармошка, ксилофон, казу, два бруска, отбивающие сцены в театре кабуки.

— Хватит, хватит, — он махнул рукой, дежурно похлопал меня по карманам и отпустил.

Сьюзи досматривала женщина. Она попросила её пройти за ширму. Прощупали даже косточки бюстгальтера.

Мы распихали всё обратно по сумкам и вышли. За дверью нас ждал пограничный коридор, огороженный забором с колючей проволокой. Зона отчуждения. Хотелось поскорее преодолеть её. По правую сторону за забором тянулся бесконечный ряд фур, по левую шли люди. Проход через этот коридор превращал их в беженцев. Для этого не нужно было бюрократического подтверждения — статус находил их сам.

Голубые стрекозы зависали в воздухе, разглядывали наш уголок мозаичного мира и улетали сквозь крупную решётку забора. Даже насекомые чувствовали, как неуютно это место.

В толпе выделялись две женщины. Каждая из них тащила по чемодану, на которые были взвалены ещё по несколько сумок. И, как будто этого было недостаточно, они несли на плече по баулу. Девочка была выше матери почти на голову. Послышался грохот: чемодан выскользнул из пальцев женщины и с треском упал на землю.

— Я подниму, не волнуйтесь, — Сьюзи собрала рассыпавшиеся сумки и подхватила чемодан. — Никогда не тащила такой тяжёлый багаж, — повернувшись ко мне, шепнула Сьюзи. — Что в нём?

* * *

Показалось бледное здание украинского пункта пропуска. Очередь медленно текла через открытые двери.

В углу на кафельном полу сидела семья цыган. Они были завалены клетчатыми челночными мешками, из которых торчала пёстрая одежда. Старшие дети укачивали на руках младенцев, взрослые раскладывали на скатерти контейнеры с едой. Казалось, они поселились здесь.

АИД

«Ласкаво просимо в Україну!».

— Вам куда?
— Львов.
— Садитесь. Поехали.
— Сколько это стоит?
— Вас — ну за семьдесят докину.
— Семьдесят чего?
— Семьдесят евро. Куда пошли?

По эту сторону границы людей встречали бомбилы. Они слетались на прибывающих волонтёров как коршуны. Вдоль парковки — ряд валютообменников, сразу за ними прятался пятачок автобусной остановки. Таксисты всеми силами старались отвлечь внимание от него: обступали, навязчиво предлагали помочь с сумками, забрасывали вопросами, тянули к машинам. За всем этим из окошек обменников наблюдали кассирши. Это место было полной противоположностью волонтёрского городка.

Мы продрались через таксистов, свернули за угол и каким-то чудом успели заскочить в отъезжавший автобус.

Гривен у нас не было. Казалось безумием менять деньги в этом аду: хотелось пройти через него, не оглядываясь. К счастью, в автобусе нашлась девушка, понимавшая по-английски (говорить по-русски я не решался). Она согласилась обменять наши евро. Сьюзи встала, чтобы пройти к водителю.

Протиснуться с заднего ряда было невозможно. Люди, наваленные горами сумки, торчащие колени и локти. Несмотря на открытые настежь окна, в салоне было нечем дышать. Пассажиры обмахивались паспортами. Поверх окон бились синие занавески, превращая пространство внутри в шумный трепещущий полумрак. Сьюзи уже занесла ногу, чтобы переступить через сумку, как вдруг маршрутка затормозила, и Сьюзи чуть не повалилась в проход.

— По рядам передайте, — сказала пожилая женщина и взяла у Сьюзи из рук деньги.

* * *

На дороге возникали блокпосты. Бетонные конструкции, на которые наброшены камуфляжные сети «кикиморы». Вокруг установлены противотанковые ежи. Такие блокпосты жители между собой называли «змейка»: по траектории движения, которую приходится выписывать, чтобы их объехать. Мы приближались ко Львову.

Автобус довёз нас до центрального вокзала. Пахло пылью, раскалённым камнем и фруктами. Мы пошли по одной из центральных улиц. Военное время. Архитектуре барокко и модерна были противопоставлены бетонные укрепления, разбросанные на тротуарах ржавые ежи и мешки с песком в окнах первых этажей. Военный город. Памятники обнесены деревянными коробками. Трудно поверить, что в этих декорациях возможно улыбаться. По правую руку от нас взывал к небу готический костёл. Свадьба. Отец ведёт невесту по мраморной лестнице, они входят в массивные двери и исчезают в темноте. Через дорогу блошиный рынок. Здесь можно купить пробитую каску с заламинированной иконкой Чудотворца.

СИРЕНЫ

Заселившись в хостел, мы первым делом осмотрели подвал под укрытие. Пол был заставлен вёдрами с краской.

— Если в нас попадёт, никакое бомбоубежище не поможет, — заметив наше недоумение, пояснил администратор.

Мы поднялись в номер. Приняв душ и приготовив клоунские костюмы для завтрашней работы в больнице, мы наконец улеглись. Я отложил телефон и стал засыпать. Сьюзи рисовала в блокноте скетчи.

Экран загорелся, писала Таня. Она везла группу больничных клоунов из Харькова и уже была во Львове.

«Страшно? Тревога сейчас. Ловишь ощущения?».

Странный вопрос. Странная постановка вопроса. Странное время говорить о чувствах. Почти полночь.

Я ответил, что город прекрасен, что нет причин для тревоги, что я не один — со мной Сьюзи. Писал, как здорово, что все смогли приехать, и я завтра всех встречу.

«Нет,» — перебила Таня, — «сейчас время тревоги. Отбоя не было».

До этого момента мы как будто говорили на разных языках.

«Сейчас воздушная тревога?» — спросил я.
«Да, угроза. Отбоя не было».

Окно в номере было приоткрыто, но сирены не слышно. Я выглянул на улицу. В центре двора стоял огромный каштан. Как и мы, зажат в четырёх стенах.

«Она ещё звучит?».
«Нет, угроза может быть пять минут или полтора часа,» — объяснила Таня. — «Сирена зазвучит снова, когда тревога закончится. Не всё же время сигналу реветь. Погоди».

Таня скопировала в чат сообщение:

«!УВАГА. НА ЛЬВІВЩИНІ ПОВІТРЯНА ТРИВОГА.
УСІ — В УКРИТТЯ!»

В ужасе я повернулся к Сьюзи. Она рисовала что-то в блокноте, не подозревая, что всё изменилось за секунду. У меня не было ни малейшего представления, как начать. Оборота *air-raid warning* не было в моём английском. Я вбил в переводчик «воздушная тревога» и показал экран Сьюзи. Не вставая с постели, мы перешли из мира в войну. Глядя друг на друга, мы молча решали: встать, одеться и идти в бомбоубежище или пережидать тревогу в комнате. Тем более, по словам администратора, укрыться нам было негде.

Вой сирены прервал наши метания.

«О, заревела,» — тут же написала Таня. — «Отбой. Обнимаю тебя и Сьюзи. Так-то тут безопасно. По сравнению с Харьковом вообще Багамы. И ещё: если вдруг застанете работу ПВО, ни в коем случае не снимать и не выкладывать в эфир. Просто напоминаю правила жизни в Украине. Это может быть очень громко и очень красиво».

Я — ОДИССЕЙ ЛАЭРТИД

Областная детская больница Охматдет. Со стороны парадного входа пятиэтажное здание было обнесено строительными лесами. Евгения ждала нас внизу. Мы впервые встретились вживую. В летнем строгом платье, она была похожа на ребёнка, которого выбросило в мир взрослых. Просилось что-то канареечно-жёлтое к её совершенно детским горящим глазам. В жизни она была ещё красивее.

Мы поднялись на четвёртый этаж. Старый Львов стоял в окнах, бликуя жестяными крышами. Больница находилась на возвышенности — какая лёгкая мишень. Евгения провела нас в ординаторскую, где мы могли переодеться и настроиться.

Мистер Робин и Доктор Мейби. Увидев этих двоих, Евгения привстала на носочки и по-детски улыбнулась. Клоуны шагали по тёмному коридору, уже не помня, откуда только что вышли, и совершенно не понимая, в какую сторону им идти. Их устраивало любое направление. Единственное, чего они опасались, — сирен воздушной тревоги.

* * *

Человек преломляется в клоуне, как в призме. В этой игре света часто уже заложена метафора, охватывающая обстоятельства. Нужно только её увидеть. Клоун преломляет свет человека и наполняет настоящий момент красками.

Я — Мистер Робин.

У входа в отделение ждут люди. Мейби открывает стеклянную дверь и пропускает меня вперёд. «Только после вас». «Что вы!». «Я настаиваю». «Нет, это я настаиваю». С карикатурной учтивостью мы кланяемся друг другу, пока я не теряю равновесия и не вваливаюсь в отделение. Вскочив, бросаюсь к двери. Тяну на себя — закрыто. Мы разлучены — на этот раз уже точно навсегда. Раздуваем из этого трагедию.

— Дверь открыта, — объясняет девочка. — На себя. Да не ты! Ты — в другую сторону. Господи!

Она не выдерживает, встаёт и открывает нам дверь.

Мы бросаемся друг к другу, пролетаем мимо и снова оказываемся по разные стороны. Отчаяние! Соприкасаемся ладонями через стекло. Пальцем чертим на стекле лабиринт. Один ведёт, второй следует по пятам, чтобы не заблудиться.

— Что ж вы делаете! — обрывает игру гневный голос старшей медсестры. — Мы только что вымыли стёкла.

Я гляжу на неё растерянно, как будто она разнесла ногой мой песочный замок. Обидно и больно, но вместо оправданий я целую ей руку. Она по инерции ещё ругает меня, но сама уже не верит в свою злость и не может сдержать улыбки.

— Дайте же вас обнять, — выдыхает медсестра и крепко прижимает меня к себе.

* * *

Первая палата. Дети умоляют проверить угол возле раковины. Мейби заглядывает за дверь и превращается в камень. Встретилась взглядом с Медузой Горгоной (убранной в угол шваброй). После долгого смеха дети соскакивают с коек и бегут на помощь. Спасти Мейби удаётся, став её отражением.

Пол предательски пищит. Перебираем всевозможные уловки, чтобы войти незамеченными. Пробуем прокрасться, пройтись колесом, лунной походкой — всё без толку. Разбегаюсь — прыжок! Повисаю на лампе, раскачиваюсь, перелетаю на подоконник — в форточку! Лечу шесть этажей вниз, бегу двенадцать лестничных пролётов наверх и я снова тут, на пороге седьмой палаты. Меня подняли на смех. Никто не поверил, что я действительно всё это проделал.

Крик вырывается из процедурной и проносится по отделению. Бежим на голос.

Сквозь матовое стекло мне видится силуэт трёхглавого чудовища. Я толкаю дверь, и зловещий образ распадается на три фигуры: женщину-врача, маленького мальчика и нависающего над ним отца.

— Ян, не бойся, — упрашивает ребёнка отец. — Доктор только тебя послушает. Подыши.

Мальчик стоит с задранной под подбородок футболкой. Металлическое ухо стетоскопа методично двигается по голой спине. Яна выгибает колесом: он напуган. Краснеет и надрывается плачем. Поставить диагноз невозможно.

— Смотри, кто к тебе пришёл, — с наигранным восторгом старается отвлечь его папа.

Ян открывает глаза. Перед ним клоун в красном пиджаке. Прежде чем мальчик заплачет, я успеваю выхватить из кармана ярко-оранжевый пузырёк. Это сработало, подарило мне ещё пару секунд для манёвра. Отщёлкиваю колпачок и выдуваю мыльный пузырь. Один, один лучше. Все следят за единственным представлением. Радужно переливаясь, пузырь взлетает под потолок, подхваченный потоком воздуха, зависает и — *па!* — лопается. На смену напряжению приходит очарованность чудом. Тесный бокс, кажется, стал просторнее.

Я выдуваю ещё один и гоню его к мальчику, поддувая то с одной стороны, то с другой. Ян сам не замечает, как мы оказываемся лицом к лицу. Подношу колечко с мылом к его губам.

— Дуй!

Мальчик набирает воздуха в лёгкие и что есть сил дует. От такого порыва мембрана рвётся, и мыло брызгает в глаз.

— Ай! — Я зажмуриваюсь, валюсь на спину и ванькой-встанькой возвращаюсь на ноги. — Ещё раз!

Он смеётся и дует нежнее. Выдох оформляется в мыльный пузырь и плывёт по воздуху, как крошечный дирижабль.

Тем временем врач уже сигналит мне из-за спины: «продолжай, продолжай — держи чуть подальше — замри — ещё раз». Игра стала решением: когда врачу надо было послушать глубокий вдох, я относил кольцо дальше, и Ян набирал больше воздуха. И наоборот. После пары таких мыльных пузырей процедура закончилась.

* * *

Тёмный коридор. Мы почти неразличимы. Мейби играет на укулеле, оповещая о нашем присутствии. Проходя мимо открытой двери, чувствую на себе чей-то взгляд. Мы движемся дальше, но меня тянет вернуться.

Большое светлое пространство. Справа, за решётками кровати, лежит младенец с загипсованными ногами. У окна пьёт воду через трубочку девушка: недавно проснулась после операции. Прямо напротив неё, склонившись над девочкой с церебральным параличом, сидит женщина. Мы входим внутрь, но как будто не к ним, попадая в мир белого шума, гипса и стен. Наше внимание поглощено окном. Точнее загадкой: что за ним? Облокачиваемся на подоконник... Там голуби! Они глядят на нас оранжевыми глазами, лёжа на горячем жестяном отливе. От восторга из моей груди вырывается «гуррр-гуррр, гуррр-гуррр». Мейби подхватывает, и в палате звучит голубиная колыбельная.

Только теперь, когда нам есть, что предложить, когда есть эта колыбельная, мы поворачиваемся к слушателям. Мы поём девочке с ДЦП. Напряжённые, словно сведённые судорогой мышцы на её лице вдруг складываются в чудесную улыбку, и мама аккуратно сдувает у девочки со лба прядь. Нездешняя нежность! Я достаю из кармана жилетки маленький, помещающийся в ладони чемоданчик с горстью риса внутри и даю его ей. Она — ритм колыбельной. Оскар, пищащая игрушка в виде курицы, отправляется девушке после операции. Она смеётся. Акцент музыкальной фразы. Звучит оркестр! Ударные, духовые, струнные. Вместе — голубиное ворование миру.

БЛУЖДАЮЩИЕ СКАЛЫ

Кукольный театр. Пять гигантских арок и наверху — полотна с театральными масками. Рядом с ним ты сам становишься персонажем: маленьким, хрупким, ожившим на мгновение по воле кукольника. Мы разложили на скамейке насквозь мокрые после выхода в больнице костюмы.

— Игорь? Сьюзи? — обратилась к нам возникшая из ниоткуда женщина.

Мы кукольно кивнули.

— Маричка, — представилась она. — Я сейчас покажу вам помещение, в котором вы будете вести мастер-класс. Только дайте мне минуту. Умираю хочу кофе.

Мы быстро свернули нашу «прачечную», сложили в сумку уже сухие и пахнущие солнцем вещи и приготовились следовать за нашим гидом в кукольное королевство.

Театр стремительно надвигался на нас. Как будто на каждый наш шаг он делал навстречу два своих. Над нашими головами проплывали массивные порталы. Впереди — огромная деревянная дверь. Справа от входа — плакат, но не афиша, а указатель, в какой стороне находится ближайшее бомбоубежище. Маричка слегка потянула за ручку, и огромная дверь кукольного театра растворилась, как будто ждала лёгкого касания. Вместе с дверью перед нами открылось тёмное, прохладное пространство холла. В глубине — взлёт торжественной мраморной лестницы, ведущей в зрительный зал.

Мы вошли. Наш проводник что-то рассказывал о кукольном театре, но я почти не слушал: я перенёсся на две недели назад, в студию в Глазго, где мы составляли программу мастер-класса для украинских клоунов.

* * *

Студия тонет в солнце. Свет попадает в неё через два окна в потолке. Отрикошетив от пола, он ударяет в стены и бьёт в глаза. Пространство искрится пылью. Она цепляется за кончики волос и оседает на наши головы. Мы раздумываем над замыслом предстоящего мастер-класса.

Бессмысленно избегать темы войны. Война есть. Украинские клоуны работают с её жертвами. Мы обязаны учитывать эту новую действительность. Но можем ли мы говорить о войне прямо? Позволяет ли это наше положение? Как глубоко мы можем просить их погружаться в травматичный опыт? Насколько провокационными мы можем быть? И, главное, почему вообще им стоит подвергать свои жизни опасности и садиться в поезд, чтобы приехать к нам? Как осторожно оживить их опыт травмы и дать им опыт преодоления? Они наверняка испытывают то же, что дети, с которыми они работают: те же ужас и опустошение. Возможно ли вообще в таких страшных обстоятельствах сохранить в себе лёгкость и игру?

— Послушай, мы же не обязаны придумывать ничего нового. Мы можем наложить практику терапевтической клоунады на новый контекст. Мы знаем из опыта работы в больницах, что убегая от собственных переживаний, не замечаем их в других. Мы едем не за тем, чтобы отвлекать от войны, и не за тем, чтобы предложить простое решение, его не существует. Нам надо постараться помочь людям признать то, что с ними происходит. Только в этом случае у них появится возможность что-то с этим сделать.

— Не понимаю.

— Ну, смотри: ты стоишь под дождём (прости за такой пример), но всех убеждаешь, что дождя нет. У тебя в руках зонтик, но ты не можешь его раскрыть, потому что не признаёшь, что дождь идёт. Получается, что, даже если ты держишь в руках решение проблемы, ты оказываешься беспомощным.

— И только признав реальность дождя, ты можешь раскрыть зонтик и пригласить укрыться под ним соседа.

— Именно!

— Тогда так: наша задача — помочь украинским клоунам признать наличие травмы и найти копинг-стратегии, которые лучше для них работают.

— Да!

Сьюзи чертит в скетчбуке карту. Путешествие начинается 24-го февраля, затрагивает опыт эвакуации и ведёт к точке, где они находятся сегодня. Во Львов. Ключи: создать безопасную атмосферу, в которой участники могут замедлиться, начать чувствовать, присвоить травматичный опыт и снова ощутить целостность. Только тогда мы могли бы пойти дальше: к их работе гуманитарными клоунами и спровоцировать сдвиг из позиции жертвы («это случилось со мной») в позицию клоуна («окей, это произошло, но я стал сильнее благодаря этому опыту и теперь готов с этим играть»).

* * *

Мы снова в кукольном театре. Маричка приглашает в зал, где пройдёт занятие. Окна завешены чёрными полотнами ткани. В помещении темно и душно. Я отдёргиваю занавес, чтобы открыть окно и впустить свежий воздух. Стёкла заклеены защитной плёнкой. Маричка включает свет.

Семь часов интенсивной работы (к счастью, обошлось без воздушной тревоги). Работа приближалась к концу. Мы сидели в кругу. Клоуны из Харькова, Днепра, Киева, Запорожья. Все были погружены в себя, осмысляя опыт и подыскивая слова, чтобы его описать. Тишина, которая вот-вот оборвётся.

ПРОТЕЙ

— Я нашла помещение, — сообщила Евгения. — Оно находится в подвале, поэтому при сигнале воздушной тревоги нам не нужно будет никуда перемещаться. Встречу вас завтра у входа.

* * *

Евгения провела нас в укрытие, где должно было проходить занятие для родителей с детьми.

— Я волнуюсь, что люди не придут.

Телефон Евгении завибрировал: сигнал воздушной тревоги.

На улице за толстым слоем бетона ревела сирена. Я впервые слышал её так отчетливо. «Увага! На Львівщині повітряна тривога. Усі — в укриття!». Мгновенная мобилизация. Гул делается ниже, нарастает, взлетает вверх, повисает где-то в желудке. «Увага! На Львівщині повітряна тривога. Усі — в укриття!». Подступающая тошнота. Мысли путаются. Новый круг. Звук напоминает плач одноусого звонаря. Жуткая птица.

У Евгении в телефоне установлено приложение, которое уведомляет о начале и завершении тревоги и типе угрозы. Их пять: воздушная, артиллерийский обстрел, уличные бои, химическая угроза и радиационная опасность. Мы взглянули на карту и с ужасом обнаружили, что Львовская область отмечена красным. Воздух.

На лестнице чьи-то шаги. Спускалась компания молодых людей. Мы готовили программу для совершенно другой возрастной группы и теперь нужно было перекраивать её на ходу. Быстрое знакомство, обмен шутками на тему занятия в подвале. Больно взрослые. Я решил убедиться, что они к нам. Выяснилось, что нет. Они спустились в ближайшее бомбоубежище, чтобы переждать тревогу.

Вскоре стали приходить родители с детьми. Представляю, как они шли по улице под вой сирены.

* * *

Клоун не предлагает помощь, он обращается за ней. Помогая другому, человек перестаёт быть жертвой. Он вспоминает, что тоже на что-то способен. Это может оказаться важным шагом к выходу из выученной беспомощности, которая грозит пережившим войну.

— Мы слышали, — начал я интригующе, — что в этом помещении есть портал, из которого можно достать себе всё необходимое, чтобы быть сильнее, свободнее и счастливее. Но найти его мы сможем только общими усилиями. Поможете?

Глаза детей загорелись. Азарт.

Путешествие начиналось. И хотя мы с самого начала оговорили, что никто не обязан участвовать, если не хочет, присоединились даже те, кто попал в наше бомбоубежище случайно. Родители играли наравне с детьми.

Первое препятствие. Чтобы пройти через волшебное зеркало, нужно было доказать ему, что ты и твой спутник — близнецы. Для этого достаточно было найти дюжину вещей, которые вас объединяют.

По ту сторону нас ждала Кошачья долина. Так назвал её Алёша, мальчик семи лет с лицом Марсо из «Мастерской масок». Местная Цирцея превращала всех, кто попадал сюда, в кошек. Разорвать её чары удалось, только отыскав в долине чудесное растение.

Впереди туманное море. Чтобы переправиться через него, нам предстояло обучиться судостроению. Корпус и палуба, мачта и паруса, воронье гнездо и носовая фигура. Соорудив корабль из собственных тел, мы уходили в плавание. За штурвалом был Алёша. Он управлял Евгенией, игравшей судовой руль. Мы угодили в шторм, преодолели безветрие. Уже виднелся берег. Оставалось только провести корабль меж двух скал. Замечательная командная работа.

Мы пришвартовались и сошли на материк. Поющие пески уводили нас всё дальше от берега, в глубину ожившего леса. Мир, созданный голосом. Мы могли говорить на языке деревьев и животных. Сила воображения высвобождалась с голосом и делала нас почти всемогущими.

В сердце леса находился лабиринт Минотавра — последний вызов. Чтобы убить быка, нужно было поймать его. Обряд инициации. Зрители поединка, взявшись за руки, образовывали круг. Ловцам завязывались глаза. Под топот и пенье я разводил соперников по игровому полю. Когда все затихали, начиналась охота. Один снял сандалию и бросил в сторону, пустив жертву по ложному следу. Другой не двигался с места, ждал, пока добыча сама придёт ему в руки. Третий пробирался по лабиринту на корточках. Дети выходили в центр круга снова и снова: не хотели, чтобы игра заканчивалась. Они бросали вызов чудовищу и в этом были бесстрашны.

Портал открывался так: каждый вытягивал в центр левую руку и брался за большой палец соседа, чтобы образовалось кольцо. Время взять то необходимое, что сделает их сильнее, свободнее и счастливее.

Вслед за детской рукой, вытянувшей радость, в портал нырнула мужская.

— Я беру любовь к сыну.

Произнести эти слова перед всеми требовало большого мужества. Отец не мог обратиться к сыну прямо, не мог даже посмотреть на него в тот момент. Возможно, он впервые с начала войны играл со своим ребёнком. И в этой игре нашлось место для его любви и для слов, чтобы её выразить.

— Сегодня я почувствовала то, что не чувствовала годами, — заговорила женщина. У неё на голове был повязан платок: она недавно проходила химиотерапию. Она говорила об удовольствии, беззаботности и счастье. — Всё это так прекрасно! Так прекрасно! — Она заплакала.

— Я беру с собой ощущение безопасности, — сказала девушка, которая случайно попала к нам. Она прижимала к груди кулак, в котором хранила это ощущение. — Это было как укрытие внутри укрытия. Я не чувствую себя в безопасности даже в подвале, а тут совершенно забыла обо всём. Игра кажется безопаснее, чем бетонные стены бомбоубежища.

Вечером Евгения прислала мне сообщение:

« Не хотела отвлекать. Но тут всё же напишу. Когда Оля, участница, сказала, что стала счастливой, я и сама чуть не расплакалась от счастья! Столько ситуаций было непростых здесь, и все понемногу закрывали окошки внутри. А вчера, пока вы были у детей в палате, я посмотрела в окно и вспомнила, как это — дарить счастье и радость, а не только лечить... У нас суровые люди, и мало теперь тех, кто просто может быть счастливым, кто может просто радоваться. А сегодня, благодаря "порталу", я нашла дверь и выпустила себя в счастье. Вернуть себе себя — это так много! Это целое сокровище!».

ЛЕСТРИГОНЫ

Мы съехали из хостела и сняли комнату в самом центре Старого города. Стоящие вплотную друг к другу дома с толстыми стенами внушали надежду на укрытие.

Мы вышли прогуляться. Несмотря на то, что приближался комендантский час, маленькие улочки старого Львова были забиты людьми. Заполненные рестораны, живые статуи, гуляющие по барам ангелы с жовто-блакитными крыльями, стрельба по мишени с изображением Путина. Уличный фестиваль. И тут же: портреты погибших и без вести пропавших и огромная карта Украины, куда можно приклеить стикер с пожеланием или молитвой. «Подяки та прохання до Бога».

Мы вернулись домой. Ещё раз проверили бомбоубежище и легли спать.

4:03 утра — воздушная тревога. Сон слетает мгновенно. Проснувшись, мы инстинктивно хватаемся со Сьюзи за руки: «В укрытие!».

Вскакиваю, в темноте нащупываю шорты и футболку. Выбегаю босиком. Пытаюсь убедить себя, что не страшно. Попасть в убежище можно через двор-колодец. Звук сирены во дворе мечется между четырёх стен. Проходим в подъезд — длинный коридор и толстая металлическая дверь. Тяну, дверь со скрипом поддаётся, мы спускаемся в укрытие. Здесь сыро и пыльно. Кроме нас — никого.

Осматриваемся. На покосившемся голубом столе замечаю иконку Девы Марии, рядом, на стуле, стопкой лежат пледы, вдоль кирпичной стены — ряд пятилитровых бутылок с водой.

«Вряд ли нас убьёт. Стены внушительные, мы метра три под землёй. Но завалить может. А если завалит, сколько нас будут доставать? Воды хватит. Надо собрать пакет с протеиновыми батончиками. На следующий раз».

4:40. Стараюсь держать ноги на пятках: холодно. Пол забирает тепло. В бетонном мешке нет связи, и совершенно не слышно, что происходит наверху. Была ли вторая сирена? Я несколько раз поднимаюсь по лестнице и прислушиваюсь — тишина.

Устав мёрзнуть и ждать, я решаю вернуться в комнату и поймать вай-фай, чтобы узнать был ли отбой. Сьюзи остаётся в укрытии.

Пишу Тане. Сообщение не прочитано. Наверное, спит. Или тоже в подвале без связи. Растерявшись, никак не могу вспомнить название телеграм-канала, где можно прочитать все подробности об угрозах. Приложения, как у Евгении, у меня тоже нет.

— Слушай, — входит в комнату Сьюзи, — я не могу сидеть в этом подвале и оставаться со всеми этими мыслями наедине. Что если попадёт сюда, пока я там? Давай лучше вместе.

Пять утра. У нас сегодня запланирован ещё один выход в больницу. Может чёрт с ней, с сиреной? Давай попробуем поспать хоть пару часов.

Пытаться уснуть во время воздушной тревоги — как притворяться, что спишь, услышав в пустой квартире чьи-то шаги. Глаза бегают под закрытыми веками. В шуме проезжающей машины и свете фар на потолке мерещится беспилотник.

Звук приближается. Тело замирает, тяжелеет, уходит в матрас, живот проваливается, обдаёт жаркой волной, проступает испарина. Ни вздохнуть, ни пошевелиться. С трудом удаётся уговорить себя, что это машина. Я засыпаю.

В 5:22 нас будит взрыв. Тут же сообщение от Тани.

«Хорошо, что вы в укрытии».
«Мы вернулись в комнату», — отвечаю я.
«Но тут прилетели ракеты. Бегом в убежище».

Хватаю сумку с одеждой — утеплюсь в подвале. Бежим. На этот раз в укрытии люди.

Сажусь на грязные ступеньки, надеваю носки и красный пиджак Робина. Кто знает, сколько нам тут сидеть. Люди избегают смотреть друг другу в глаза. Как будто боятся признать реальность угрозы. «Если не увижу страха в глазах другого, может быть, и мой не так уж реален».

В 5:59 вторая сирена — отбой.

Вернувшись в комнату, тут же проверяю чаты и новостные каналы.

«Одна из ракет попала в детский сад (6 км от нас), взрывной волной выбило окна в здании медицинского колледжа. Пострадали четыре мирных жителя».

Фотографии последствий прилёта.

Мы листаем новости, как будто от этого станет легче. Как будто мы и так не понимаем, с чем имеет дело.

«Это была самая массированная атака на Львов с начала войны. Большинство угроз сбило ПВО. Попало в один жилой дом на окраине. Горит крыша. Пожарные бригады выехали. Погибли двое».

«Пострадал львовский рынок».

Чуть позже читаем в Гардиан: «Более ста домов было повреждено, более пятисот стёкол выбито. Была разрушена детская площадка».

Пора выходить. Мы собрались и пошли за армянским кофе. Было важно выйти на улицу и увидеть «нормальную» жизнь. Люди едут на работу, метут улицы, продают выпечку. Жизнь продолжается. Но что-то изменилось. Как будто видно, что люди не выспались. Или это я не выспался, и теперь мне мерещится это во всех?

Заказываем кофе и садимся подготовиться к больнице. Никак не сосредоточиться. Мысль всё время ускользает. Кажется, я ничего не знаю о клоунаде. Что я могу дать? А вчера это было так легко.

Вместо выхода обсуждаем со Сьюзи продукты, которые отнесём в укрытие. Нужно ещё купить пару тёплых вещей. Летнего мало.

«Я спала мёртвым сном. Даже не слышала ничего», — говорит девушка по телефону.

Всё иначе сегодня. Резкий звук отодвинутого кресла в кафе пугает. Мимо нас пронеслась машина, из неё выпала какая-то резинка. Пнуть? А если взрывчатка? В голову лезет какой-то абсурд. В «сніданковы вежі» читается «противотанковые ежи». Или «Иже еси на небеси».

По пути на остановку встречаем пару. Мужчина в костюме, девушка в свадебном платье. Ещё одна свадьба! Наутро после обстрела!

ТЕНИ

— Будет ли странно, если я попрошу, чтобы нам показали бомбоубежище? — спросила Сьюзи по дороге в больницу.
— Не вижу ничего странного, — я размышлял о том же.

Сирена застала нас прямо на входе.

Больница, казалось, жила своей жизнью, оторванная от реальности. Обычный сумрак советской постройки, привычный коридор, люди. Ничего, кроме листка на стене со стрелкой в сторону укрытия, который даже не замечают, не говорит о том, что существует угроза. Но даже для меня, человека ещё не привыкшего к такому образу жизни, больница кажется местом защищённым и безопасным. Кто ударит в больницу! И даже если это произойдёт, шанс, что меня спасут здесь, гораздо выше.

Нас встречает руководительница PR-службы.

— Я проведу вас в отделение.
— А нам можно работать во время тревоги?
— Конечно! — удивляется женщина моей наивности.

Она ведёт нас бесконечными коридорами и лестницами, проводит через подвальную часть, где я замечаю больничное бомбоубежище. Заброшенное и пустое.

— У нас сегодня два отделения для вас, — говорит наш гид. — Онкология и общая педиатрия.

Нас шестеро. Разбиваемся на тройки. Сьюзи менторит одну пару клоунов, я — другую. Быстро решаем, кто куда. Наша тройка остаётся в «общей», а Сьюзи ведут дальше, в отделение онкологии.

Через пару минут получаю от Сьюзи сообщение: «Те, кто может ходить, вышли на время угрозы в коридор. Те, кто не способен подняться, остались в палатах у окон. Пиздец!».

Менторство. Во время выхода я тенью следую за клоунами. Отгоняю от себя мысли об угрозе. Пытаюсь сконцентрироваться на увиденном: какую реакцию вызывает работа клоунов, в какие моменты они впадают в ступор, где импровизируют, а где повторяются. Записываю всё в блокнот. Получается стенограмма непроизносимого — больничной клоунады.

Обсуждение проходит в подсобном помещении (самое безопасное место в отделении). Мы достали три пыльных стула и сели между вёдер со швабрами.

— В третьей палате была девочка семи лет, — начинаю я. — Света, кажется. Вспомнили? В какие моменты она смеялась?

Клоуны переглядываются.

— Не знаю, — отвечает Таня.
— Хорошо, давай так: на что она больше реагировала?
— На страх? — неуверенное предположение.
— На контроль над страхом. Она смеялась, когда одному из вас было страшно, а другой говорил, что делать. Чтобы понять потребность ребёнка, достаточно обратить внимание, на что он активнее реагирует. В данном случае нужно вернуть чувство безопасности. Создайте ситуацию выбора. У вас должна быть проблема, которую девочка может решить. Или не решать и просто посмеяться над вами. Например, вы боитесь её плюшевого зайца. Она может взять его и напугать вас, а может успокоить, объяснив, что это всего лишь игрушка. Теперь она решает, быть страху или нет.

— Я захожу в палату и не знаю, что делать, — перебивает Юра.

— А с чего ты начинаешь?

— Знакомлюсь, спрошу что-нибудь, что-то быстро-быстро стараюсь придумать.

— Как много ты разговариваешь?

— Ой, очень много.

— А зачем?

— Ха! Зачем… А правда, зачем? Чтобы пауз не было.

— А что случится, если возникнет пауза?

— Это будет означать, что ничего не происходит, что мы провалились. Никто не смеётся.

— А если я не хочу смеяться, у тебя есть, что предложить мне?

— Предложить — тебе? Я бы мог сделать что-нибудь абсурдное, потанцевать смешно.

— Ты всё ещё хочешь, чтобы я смеялся. А мне не смешно, я не хочу веселиться сейчас. Что тогда?

— Тогда провал.

— А попробуй понять, чего я хочу.

— Хочешь в смысле? Как человек?

— Да. Чего я сейчас хочу?

Юра замолкает и долго вглядывается в меня.

— Видишь, ты естественным образом сделал паузу. Была ли эта пауза пустой?

— Нет.

— Почему?

— Я интересовался тобой, — улыбается Юра. Должно быть, предугадал мой следующий вопрос.

— А как думаешь, почему в больнице пауза ощущается как пустая?

— Не знаю, — отвечает он, избегая очевидного. Не решился сделать последний шаг.

— Можно догадку?

— Конечно.

— Интересуешься ли ты, что хочет ребёнок?

— Я об этом никогда не думал. Нет.

— Задавайся этим вопросом. Работа доктора-клоуна не про тебя, она про того, к кому ты приходишь. Пауза даёт возможность увидеть человека, понять, что он чувствует, чего хочет. Становится ясно, вокруг чего строить игру. Тогда игра отвечает моменту, а не твоей идее. Тебе больше не придётся навязывать веселье. Ребёнок будет смеяться, потому что он прошёл с тобой через что-то значимое для себя, проделал душевную работу, и теперь ему легче. Он почувствует себя увиденным. Это — самое важное.

* * *

После выхода нас пригласили на кофе две медсестры. «Отказ не принимается». Нас провели по тёмным коридорам на кухню для персонала. На столе ждала коробка с эклерами.

— Я работаю в военном госпитале, — начала молодая девушка. На ней была розовая сестринская куртка с супергероями. — Он тут совсем рядом, только с горы спуститься. Каждый день вижу этих бедных мальчиков без рук, без ног. Столько ненависти! — Из глаз девушки потекли слёзы. Она даже не заметила их.

— Чего они пришли к нам, эти звери! — подхватила женщина постарше. — Чего им от нас надо? Мы нормально жили. Недавно с мужем квартиру в ипотеку взяли. Как-то думали о будущем. А оно вот какое! Лучше б не наступало… Мать недавно похоронила. Она родилась и умерла в войну. Это что за мир такой!

Мы молчали. Нам нечего было сказать, но им и не нужно было наших слов. Им необходимо было поговорить друг с другом в нашем присутствии. Рядом с нами они могли снова почувствовать ненормальность происходящего. Увидеть ужас и боль в наших глазах и вспомнить о том, что есть и будет другая жизнь.

— Но ведь надо же и прощать, — вытерев слёзы, произнесла молодая медсестра.
— Кого прощать, — вспыхнула женщина постарше, — этих извергов? Они наших детей убивают, а нам их прощать!
— Хотя бы постараться. Это же нам в первую очередь нужно, чтобы в постоянной ненависти не жить. Это не жизнь, когда ненавидишь!
— Может, ты и права. Это, конечно, не жизнь. Вы угощайтесь, угощайтесь эклерами.

* * *

Мы вернулись в город затемно. Через полчаса наступал комендантский час, жара не спадала. Хотелось мороженого. Магазины и кафе уже закрылись. На площади ещё работал рыбный ресторан. Мы сели за столик, заказали по пломбиру, и уже через пару минут нам принесли по три сливочных шарика в металлических креманках.

Хлопок и клубы чёрного дыма: в центре зала взорвалась лампа. После обстрела над городом повисло тяжёлое напряжение. Казалось, именно оно вызвало замыкание: лампа уловила и не выдержала.

* * *

Перед сном короткая переписка с подругой.

«Сегодня весь день наизнанку. Всё по-другому. Сплошное ожидание чего-то. Только сейчас, под вечер, выровнялось».

133

«У вас сейчас каждый день не похож на предыдущий. В режиме реальной жизни это всё те же 24 часа, а там, где ты сейчас, — это может быть по интенсивности год. Я пытаюсь вспомнить фильм, в котором это было».

«В Интерстелларе было. Там за 3 часа 25 лет прошло».

«Да-да-да. На планете, где океан!».

«Да. Из-за гравитации чёрной дыры поблизости искривлялось пространство-время».

«Вот и у вас искривляется… Из-за черной дыры».

«А кругом свадьбы, молитвы и похороны».

«Ад».

ЕВМЕЙ

Вчера весь день звонили церковные колокола. Отпевали. Пели «Аве Мария».

Сирены учащались. За последние пару дней они выли так часто, что я перестал их считать. Каждая тревога — это решение: идти в укрытие или продолжать вести обычную жизнь. С каждой следующей всё больше склоняешься ко второму. Привыкаешь.

В таких условиях самое страшное — выходной. Поэтому мы старались постоянно держать себя при деле. Любимая работа всё ещё придавала смысл происходящему. Я на своём месте, а не просто слоняюсь по бомбоубежищам от нечего делать.

Сегодня планировался первый выходной. Чтобы отвлечься от сирен, мы предложили клоунам провести мастер-класс, привязали себя к работе, как Одиссея к мачте. Страх смерти вполне подойдёт: как не избегать этой темы в работе и привнести в неё лёгкость и юмор.

Занятие проходило в больнице, в просторном конференц-зале с большими окнами. После обстрела такое количество естественного света в помещении настораживало: стекло перестало быть про свет и стало про осколки. Ужасное осознание.

Игра «Самурай». Группа выстраивается в круг. Один выхватывает катану и с боевым кличем «йо» вскидывает руки над головой, будто вот-вот бросится на оппонента. Те, что стоят по правую и левую стороны от воина, рубят его с возгласом «ха». Перед смертью он указывает лезвием катаны на следующего — «кю». Одна за другой самурайские жизни вспыхивают и тут же обрываются, передавая эстафету следующему. Йо-ха-кю, йо-ха-кю. Тот, кто ломает ритм или путает возглас, совершает сэппуку.

— Постарайтесь быть менее реалистичными, — объяснял я задачу. — Представьте, что вы персонаж комикса. — Я принял грозный вид, поклонился и достал из-за пояса воображаемый танто. «Дзинь» зазвенело лезвие. Я провёл по острию. «Ауч!» — на пальце выступила капля крови. Услышав внутренний голос, призывающий исполнить судьбу, я принял достойный самурая вид и поднёс кинжал к животу — «щекотно!». Когда группа выдохнула, я вспорол его. Оставалось только достать танто и положить его перед собой. Но кинжал застрял. Рукоять забавно пружинила. Я сложил из указательного и среднего пальцев человечка и вышел на помост, чтобы совершить пару акробатических трюков. Клоуны засмеялись. Я рухнул на пол.

— Не смогу, — отшатнулась Наташа.
— Вокруг столько смерти, — согласилась Таня, — мне не по себе даже от мысли об этом.

Я бы не стал с ними спорить, если бы они только что не смеялись над моим глупым этюдом.

— Знаете что, — заговорил я, отлично понимая, чем рискую сейчас, — я вам не верю. Вы просто боитесь попробовать. Боитесь, что не получится. Кругом действительно много смерти. И вы можете встретить ребёнка, готового играть с этой темой, потому что смерть стала частью его жизни. Разве дети не играют в войну? У вас есть возможность подхватить страх смерти, довести до абсурда в игре и освободить от него ребёнка в реальной жизни. Одно известно наверняка: мы смертны. Отношение к этому факту определяет наш взгляд на жизнь. Если вы относитесь к смерти легко, ваша жизнь тоже обретает лёгкость. Давайте так, если не получится, это будет моя и только моя ответственность.

Мой карман вибрировал. Заревела очередная сирена. Все выхватили телефоны. 60 новых сообщений в телеграм-канале: истребители, беспилотники, воздушные тревоги — все актуальные события в стране. Следить за этим — вынужденное безумие.

— Можем продолжать, — успокоила Наташа. — Это всего лишь МиГ взлетел.

Мы договорились, что никто не обязан ничего делать, если не хочет. Тем, кто готов попробовать, я буду помогать.

После первой попытки группу уже невозможно было остановить. Клоуны играли смерть, обманывали её, заигрывали с её неизбежностью. Они разворачивали самые невероятные сценарии. Превращали сэппуку в шпагоглотание, привязывали себя к лошади и запускали её галопом, сдирали с себя кожу и играли на рёбрах, как на аккордеоне, доставали печень и делали из неё волынку. Возвращались из царства мёртвых только затем, чтобы поправить кимоно.

— Я не знала, что в этой теме столько смешного, — призналась Ира, когда мы сели обсудить, что произошло.
— Удивительно, что я могла умереть с такой лёгкостью, — подхватила Таня. — Теперь мне будет не страшно сделать это ещё раз.

Повисла пауза.

— У меня сейчас парень на фронте, — проговорила Олена, вслушиваясь в собственные слова. — Я думала, не смогу.

Но, сыграв собственную смерть, я чувствую себя гораздо уверенней и свободней.

— У меня есть замечательная история для вас, — улыбнулся я. — Мне рассказал её один из моих учителей, Ярон Санчо Гошен. Однажды он вошёл в палату, когда врач сообщал родителям, что ничего нельзя сделать, и им остаётся только попрощаться. На это у вас есть несколько часов, сказал он. Это была семья хасидов. Убитые горем, они сгрудились вокруг врача. Ему нечего было добавить. Более неподходящего момента для появления клоуна придумать нельзя. Врач протиснулся между родными и вышел. Взгляды уставились на Санчо. Пан или пропал. «Что, — возмутился Санчо, — ты увидишь Господа раньше меня! А мне ещё торчать тут неизвестно сколько!». Услышав эти слова, мальчик-подросток взглянул на клоуна. «Тебе вот-вот откроется величайшая из Тайн, — продолжал Санчо, сокрушаясь о своей несчастной участи. — Почему всё — тебе! Пропусти меня вперёд: я должен узнать Тайну первым!». «Ло, — покачал головой парень. — Я первый!». Клоун не мог остановить смерть, но ему удалось изменить взгляд на неё. Парень уходил победителем. Ему первому из присутствующих открывалась Тайна. Он уходил не в страхе, но охваченный любопытством. Он был уверен, что там его что-то ждёт. Этой историей Санчо обозначил границы возможного для меня, и они пролегали невообразимо дальше тех, что прочертил для себя я.

ЭОЛ

Городок переселенцев состоял из трёх изолированных друг от друга кварталов, по периметру которых стена к стене были выстроены жилые модули. Один такой квартал населяли от 40 до 80 человек. Общие душ и туалет, в центре двора — пара столов со скамейками, клумбы, сконструированные из паллет, сушилки для белья, брошенные коляски и валяющиеся на земле игрушки. Духота. Женщины сидели на раскладных стульях возле дверей, их дети носились по двору и играли в карты. Что будет со всеми этими людьми зимой?

* * *

Толпой мы ввалились в бытовку, рассчитанную на шестерых. Из мебели были только шкаф и три двухъярусные кровати. Всё слишком светлое: режет глаза. Казалось, пространство специально устроено так, чтобы из него хотелось поскорее выйти.

Из сумок и пакетов материализовались клоунские костюмы, внеся в эту мёртвую белизну краски. Шляпы, ботинки, платочки, жабо, бабочки. Сразу не так страшно и легче дышится.

Узнав от заведующего про клоунов, дети моментально вычислили, в каком из помещений мы прячемся, и стали ломиться в дверь, колотить в стены. Мы заперлись на ключ. Казалось, бытовку вот-вот перевернут.

Мы переоделись. Оставалось только разогреться, настроиться и надеть нос, совершив переход в мир клоуна.

* * *

«Ощутите подошвы ваших стоп. Вы стоите на зеркальной поверхности. У вас под ногами находится ваше отражение. Не делайте ничего. Позвольте отражению вести ваш выход».

«В грудной клетке сияет крупица света. Она растекается теплом по сосудам, и вскоре тело само излучает свет и тепло. Вы стоите внутри золотого свечения».

«Когда мы выйдем в эту дверь, мы будем самыми скучными клоунами, которых носила земля».

Это должно было помочь не потерять себя в стихии, ожидающей за дверью.

* * *

Дети обладают удивительной способностью всё превращать в игру. В отсутствии игры они превращают в неё тебя. Становишься их игрушкой.

Игра была! Игра в спокойствие камня. Ни музыки, ни гэгов — только присутствие. Неизменность во времени и неподвижность в пространстве. Хаос медленно остывал. Прилив. Атака на карманы, попытка сорвать нос и ввергнуть мир в бездну. Отлив. Внимание и принятие правил игры. С каждым циклом этого маятника колебания постепенно затухали и вскоре совсем стихли. Дети замерли. Из камня клоуны превращались в движение. Гармошка Мистера Робина управляла детскими ногами. Единый ритм. Клоуны с детьми обошли двор и, взявшись за руки, оцепили его кольцом. Робин задавал движение, круг повторял его. Вместе с Робином дети примеряли на себя образы: пылинка, баобаб. Характер сыгранной роли передавался детям: невесомость, величие.

Во главе с Доктором Мейби клоуны двинулись карнаваль-
ным шествием через площадь, обходя клумбы и сушилки для белья. Центр переселенцев наполнился музыкой
и красками. Дети присоединялись. Встречая на пути лужу,
они хватали клоунов за руки и перелетали через неё, как
на качелях.

В стороне неподвижной тенью стояла фигура. Клоунесса
из Харькова. Зая.

— Пойдём, — позвал её Робин, аккуратно взяв под ло-
коть. — Поработаем вдвоём.

Важно было подарить Зае позитивный опыт игры, способный снять сковавший её ужас. Вчера на мастер-классе
Ира рассказывала, что застывает, встречаясь с сильными
переживаниями. В первые дни войны она уехала в дерев-
ню. Единственной связью с большим миром для неё был
телефон. Изоляция стала её укрытием. Но в нынешних обстоятельствах это укрытие не работало. Наступало время
искать новое.

У распахнутой двери сидел серый кот. За полупрозрачным
тюлем, отделяющим улицу от пространства внутри, угады-
вались три силуэта.

Кот уселся на солнечной стороне, подметая горячий ас-
фальт хвостом. Робин нагнулся, чтобы его погладить, но
вдруг растерялся: «как это делается?».

Зая провела по воздуху рукой: «вот так».

— Ага, — кивнул Робин. — Уловил!.. Но не до конца. Можешь повторить?

Зая показала ещё раз.

— Понял. Во-о-от так, — Робин неуверенно коснулся кошачьей спины. Животное вытянулось, мяукнуло, потёрлось о руку и также неожиданно скользнуло под дверь, застыв в тени египетской статуей.

Зая осторожно, стараясь не спугнуть божество, заглянула за дверь.

— Улыбается, — произнесла она шёпотом.

Робину почудилось, что он способен прикосновением заставить живое существо улыбнуться. Нужно было проверить на ком-то ещё. Пожилая женщина была ближе всех. Она сидела у входа на пластиковом стуле, вытянув опухшие ноги. Робин откинул белую ткань и потянулся к седой голове.

— Не встану, милый. Не могу.

Робин продолжал тянуться. Старушка чуть наклонилась вперёд. Улыбнулась. Из-под кровати, как из параллельного измерения, выскочила белая кошка. Мерилин.

— Получилось! — обрадовался Робин. — Профессионал. Магистр!

Робин опробовал свою новую суперсилу на девочке-подростке. Работает! Оставалась третья женщина. Она сидела в самой глубине белой коробки. Взгляд породистой собаки в приюте для бездомных животных. Её улыбка закрепит за Робином титул Магистра.

Робин протянул руку в её сторону. «Брось, я не пойду». Робин был настойчив.

— Я же Магистр. Вы видели.

Женщина прыснула.

— Ладно, Магистр, — она поднялась, прошелестела по пластиковому полу и вошла в солнечный треугольник. Робин обнял её. Тело женщины гудело. Воплощённое напряжение. Они простояли так с минуту, и только после этого Робин погладил её по голове.

— Магистр, — подтвердила женщина.

Мистер Робин — Магистр Улыбки!

Клоун повернулся к Зае и уверенно потрепал её по шапке с висящими ушами, ожидая увидеть улыбку. Но вместо этого Зая зарыдала.

Робин оторопел. Его мечты о всемогуществе улетучились.

— Кто-нибудь, — засуетился Робин. — Кто-нибудь на помощь! Скорее!

От такого внезапного перехода женщины захохотали. Девочка оттолкнулась от стены, чтобы успокоить Заю, но почему-то остановилась. Робин взглянул девочке в глаза: «ну же!». Она сделала два решительных шага и коснулась макушки клоунессы. Она горячо жалела её. Зая заулыбалась, лицо её посветлело.

— Магистр! — воскликнул Робин и поклонился девочке. — Магистр Улыбки!

Девочка выпрямилась. К ней вернулась способность влиять на происходящее.

«Навстречу человеку проходи полпути, говорил мне мой учитель Нимрод Айзенберг. Оставляй возможность человеку проделать его половину самому».

* * *

Они вернулись к остальным, и уже вместе переместились в следующий квартал. Своей ярмарочной атмосферой городок с клоунами напоминал панно Марка Шагала «Введение в еврейский театр».

Робин отвлёкся. Когда он обернулся, игра уже шла полным ходом. Двое подростков стояли в центре площадки и держали в руках по картонной трубке из-под бумажных полотенец. Пропускной пункт. Дети показывали свои удостоверения личности в надежде, что их пропустят. Удостоверением могло быть что угодно. Одни несли ветку, держа её между указательными пальцами, другие бегали по лужам и предлагали в качестве удостоверений мокрые ноги. Макс, серьёзный, сдержанный подросток шестнадцати лет, вёз перепуганную Мейби на велосипеде, как невесту на благородном коне.

Робин наблюдал за игрой со стороны. Это же блокпост! Наверняка кто-то из них прошёл через такой, пока добирался до Львова.

Дети сами придумали играть в это. У каждого была возможность выбрать, с какой стороны зайти: стать солдатом на блокпосту или совершать через него переход. Никто кроме них самих не знал, какая роль им больше подходит, чтобы залечить их травматичный опыт. Для одних лучше работал «солдат», поскольку возвращал ощущение контроля. Для других было важнее прожить ситуацию из роли, которую они и так играли — переселенца. Сейчас в их руках было всё необходимое для этого: они больше не умирали от страха.

144

Никто не смел оборвать игру. Она продолжалась до тех пор, пока была интересной детям.

* * *

Через городок переселенцев шёл караван клоунов, окружённый стайкой детей. Клоуны возвращались в «гримёрную». Робин играл на губной гармошке, Мейби подыгрывала на укулеле, Зая жонглировала разноцветными платками. Дети хватали клоунов за штанины, края юбок, тянули за рукава, чувствуя, что праздник скоро закончится. Они хотели задержать его, оставить у себя навсегда.

Клоуны скрылись за дверью бытовки. Дети разошлись по домам. Наступила тишина. Мы сняли маски. Очередной переход из клоуна в обычную жизнь. Над нашими головами летала оса. Таня спокойно выхватила из моего кармана полупрозрачный платок, взмахнула им в воздухе и выбросила осу в окно. По тому, как ловко она это проделала, было видно, что Таня счастлива. Только в счастливом человеке может родиться такое спокойствие и нежность к насекомому.

Бабочки, жабо, большие ботинки, нелепые шляпы. Клоунские костюмы снова забивались в сумки. Чем меньше красок оставалось в помещении, тем ощутимее давили стены и потолок. Нечем дышать. Пространство выталкивало: «иди, иди».

ИТАКА

Мы возвращались домой. Уже виднелся центральный вокзал, где нас ждала маршрутка «Львов-Шегини». Чередующиеся вдоль дороги билборды рождали в душе почти религиозное чувство:

«Не така страшна тривога, коли ми пліч-о-пліч» (фотография женщины, которая готовит ужин в подвале жилого дома).

«Про розвиток народу можно судити з того, як він ставиться до тварин» (солдат в окопе с дворняжкой на руках).

Мы оставили позади Львовский цирк, костёл Святой Эльжбеты, пахнущий персиками рынок. С фасадов нас провожали обмотанные мешковиной скульптуры. Молодые парни, одетые в военную форму, прощались с жёнами и матерями.

Вокзал. Мы втиснулись с сумками и чемоданами в проход переполненной маршрутки. Обтянутый фиолетовым атласом салон напоминал катафалк.

— Давайте свою сетку мне на колени, — потребовала пожилая женщина в солнечно-жёлтом платье. — Давайте! — И не дожидаясь ответа, забрала у меня кулёк с фруктами.

Я поблагодарил. Женщина улыбнулась. Доброта, прикрытая бесцеремонностью.

— Шегини. Конечная.

Мы прошли через парковку такси, мимо обменников и нырнули в ворота с колючей проволокой. К украинскому пункту пропуска тянулась огромная очередь. Очередная волна беженцев. Как всегда, баулы, чемоданы, коляски, переноски с животными. У нас было пять с половиной часов, чтобы пересечь границу и успеть на последний поезд до Жешува.

Сорокаградусная жара. Ни палаток, ни навеса, ни ветерка — ничего, под чем можно укрыться. Ни шелеста, ни движения. Время как будто остановилось. Полдень. Не двигалась и очередь.

Матери набрасывали детям на головы платки и футболки и усаживали на бордюр. Дети уже поиграли друг с другом в салки, города, камни — во всё, что знали и могли придумать, и теперь ныли, капризничали и дёргали родителей: «скоро?». Старший брат успокаивал младшего. Напряжённое ожидание. Из очереди вышла женщина и одёрнула плачущего мальчика за руку. Плач превратился в вопль.

Прямо перед нами стояла девушка.

— Какая ты красивая! — обратилась к ней соседка, четырнадцатилетняя девочка, почти ребёнок.

Классическая живопись и супрематизм. Одна сдержанная, недосягаемая, почти совершенная. Другая слишком худая, слишком высокая, угловатая и будто завязанная в узел: ноги скрещены, руки заломлены. На голове нелепая розовая кепка.

— Какие у тебя красивые волосы, — восхищённо произнесла девочка-авангард.
— Спасибо, — отозвалась девушка-классицизм.

«Откуда ты?», «Как тебя зовут?», «Куда ты едешь?».

«Киев». «Айгуль». «Германия».

Голос звучал отрешённо.

— А я думала ты заметишь, какая я высокая, — девочка
явно жаждала признания.
— Ой, точно! Какая ты высокая, — улыбнулась Айгуль.
— Я выше всех в классе.

Казалось, девочка выбирала себе объект для подражания,
выбирала будущее. Это стало её способом справиться с тревогой. А, может быть, это я теперь вижу так любую ситуацию? Привычка подбирать для людей способы преодоления травмы переросла в профдеформацию.

Из дверей один за другим выходили молодые парни в военной форме. Они шли к калитке, за которой ждал автобус.
Мы были с ними ровесниками. Наверняка слушали одну
и ту же музыку, смотрели те же фильмы, строили похожие
планы. И вдруг жизнь оказалась сведена к единственной
роли — солдата. Вглядываясь в их лица, я зачем-то пытался
угадать, кто не вернётся. Но даже если бы я мог сказать это
наверняка, моё «стой, не иди» ничего бы не изменило.

Они шли мимо, почти не обращая на нас внимания. Сол-
даты и беженцы. Флегетон и Стикс.

— Слава Украине! — крикнул с огненным блеском в глазах
один из солдат.
— Героям слава! — громом отозвалась очередь.
— Путин...
— Хуйло!!!

Проход через первый паспортный контроль занял четыре
с половиной часа. До поезда оставался час.

Люди один за другим исчезали за дверью. Нас отделяло от неё всего пять человек.

— Нам сказали, что мы можем идти без очереди, — послышался хриплый голос за спиной. — Как многодетная семья.

В очередь перед нами врезалась толпа цыган. Кража детей, ворожба, взгляд, способный навлечь порчу. Этот народ оброс таким количеством мифов, что уже сам в них поверил. Поэтому никто не помешал 15-летней девочке с ребёнком на руках. Цыгане обступили пограничницу и все разом заговорили, стараясь сбить её с толку. У их пожилой родственницы не было паспорта. Семья хотела спрятать её в хаосе и провести через границу незамеченной. «Подождите, пожалуйста, в стороне. Я уже вызвала сотрудников». Девочка трясла малышом перед лицом пограничницы. Всё безнадёжно затягивалось.

Вслед за семьёй цыган пришли пятеро пьяных поляков. Они встали впереди, растолкав очередь голыми животами.

— Прошу прощения, — не скрывая раздражения, обратился я к их старшему, — как вы здесь оказались?
— Я европеец, — тряс паспортом пан.
— Я тоже европеец, и что?

Он осёкся.

— Хорошо. Мужики, строимся за этим господином.
— Когда откроются ворота, просто идите вперёд меня, — шепнул я женщине, которую они вытолкнули назад.

Запихав выпотрошенные из сумки вещи обратно, мы вылетели на улицу и побежали к железнодорожной станции. До поезда оставалось четыре минуты.

— Захватите хотя бы воды, — крикнул волонтёр из палатки и сунул пластиковый контейнер с запечённой картошкой.

Поезда нет. Перрон тоже пустой. Неужели ушёл? Мы не учли разницу во времени между Украиной и Польшей. У нас целый час. Вокруг не было ничего, на что можно было присесть. Кинув под голову сумки, мы легли на перроне.

— Чё лежим?

Я посмотрел наверх и увидел в окне второго этажа голову полицейского.

— Отдыхаем, — улыбнулся я. — Ждём поезда.
— Чё лежим, я спрашиваю?
— А почему здесь нельзя лежать? — спросил я, прибрав улыбку.
— Это общественное место. Встали! Быстро!

Мы оглянулись — вокруг не было ни единого человека. Станция находилась на самом отшибе крошечного польского села. Мы перебрались на бордюр, но и это его не устроило. Полицейский настаивал, чтобы мы ждали стоя. Мы простояли возле рюкзаков ещё с полчаса, пока наконец не пришёл поезд до Жешува.

Проезжая станцию Пшемысль, поезд замедлился, и мы увидели в окно очередную сцену ада: сотни людей толпились на перроне, окружённые горами мусора, баулов и чемоданов. Дети играли на краю. Тени на фоне апельсинового неба. Между людьми мелькали светоотражающие жилеты волонтёров.

Ночь в Жешуве. С утра только подхватить сумки и на автобус до Варшавы. Завтра — самолёт. Пока мы спали, ветер переменился. Попутный сменился встречным.

«Ваш автобус до Варшавы отменён». Бежим на вокзал. «Билетов на поезд нет». Неудивительно при таком количестве беженцев. «Для регистрации в Blablacar введите польский номер». У нас его нет. «Ближайший поезд до Варшавы идёт из Кракова». Билетов нет. «Попробуйте купить у проводницы». Мы в поезде. Пересадка в Кракове. Слишком короткая: двадцать минут. Поезда в Варшаву в расписании нет.

— Прошу прощения, — обращаюсь к женщине в окошке информационной помощи, — с какого пути отправляется поезд в Варшаву?

Женщина молча нажимает кнопку, опускающую металлические жалюзи. Не услышала? Пытаюсь переспросить, просунувшись в окошко. Но она только сильнее вжимает кнопку, как будто хочет отсечь мне голову. В растерянности гляжу на охранника. Тот пожимает плечами и исчезает за дверью, звеня связкой ключей на манер тюремного смотрителя.

— Вы не на том вокзале, — приходит на помощь девушка. — Поезд в Варшаву уходит с центрального.

Такси, пробка, объезд, центральный вход на вокзал — «ну же, останавливай!». Но таксист зачем-то везёт нас на парковку на крыше.

— Вон, кстати, ваш поезд отходит, — стучит он фалангой пальца по стеклу.

Мы высадились из такси и побрели к лифту. Спешить нам было уже некуда. Краем глаза я заметил маленький экран с красной строчкой “Warszawa: pociąg opóźniony”. Нога в закрывающуюся дверь лифта, перрон — поезд как раз прибывал.

Всё идёт не по плану. Только так и может быть. Не будем переоценивать нашу власть над происходящим. Всё, что мы можем противопоставить хаосу, это юмор. Именно он, в конечном счёте, возвышает над обстоятельствами.

На третий день нашего пути мы наконец добрались до аэропорта. Сьюзи прошла через паспортный контроль и вышла из шенгенской зоны. Её гейт был отделён от моего прозрачной стеной. Мы прислонились висками к стеклу. На глаза наворачивались слёзы. Я зажмурился — как будто стекло исчезло. Я почти ощутил её тепло. И заплакал.

Самолёт Сьюзи скрылся за тучами.

До моего вылета оставалось пять часов. Страшно представить, сколько людей сейчас живёт в залах ожиданий, сколько кочует от станции к станции, от одного лагеря беженцев к другому. Мир Одиссеев, тоскующих по дому и жаждущих скорее вернуться на Итаку.

«Внимание, внимание! В здании обнаружена угроза. Просим вас медленно и спокойно покинуть здание через ближайший аварийный выход. Избегайте использования лифтов».

В аэропорту объявили эвакуацию. Нас вывели на улицу, где мы простояли несколько часов под холодным дождём. Мелочь. «Отправляясь на Итаку, молись, чтобы путь был длинным…»

ЛОТОФАГИ

Прошло две недели, как я вернулся из Украины, страны, где самые дешёвые предложения на Airbnb — это квартиры на 24-м этаже, где при входе в здание автоматически оцениваешь толщину стен, а слишком открытое небо над головой ощущается как прямая угроза. Страны тотальной небезопасности.

Я всё ещё нахожусь в серой зоне, которая разделяет состояние войны и мира в душе. Бессилие, неспособность выбрать, потускневший мир и болезненно яркие сны.

Сегодня мне снова снилась Украина. Лето, жара. В автобусе, который везёт меня к границе, стоит напряжённая, тлеющая тишина. В окнах автобуса нет стёкол, чтобы при взрыве пассажиров не ранило осколками. Синие занавески бьются на ветру. Это единственный звук сейчас. Со мной едут «ускользающие». Так в моём сне называют людей, которых уносит в небытие, как пыль в открытую форточку. Мы приближаемся к границе. Один за другим на нас летят блокпосты. Сейчас будут стрелять. Я откуда-то знаю это. Пригибаюсь, обхватываю колени. Над головой поднимается свист. От звука почти щекотно. Неожиданно я оказываюсь в синих цветах. Васильки! Стоит полдень. Я куда-то ползу, мну эти васильки. А они нежные, так и никнут подо мной. Никнут и пахнут нежно-горько. И кто-то кричит мне, торопит. А я не пойму, куда я не успеваю. Но спешу. Тороплюсь, потому что просят. Приказывают. И мну васильки. И думаю: а как я здесь оказался? Не унесло ли меня? Не стал ли и я «ускользающим»? Может я уже «ускользнувший»?

ЭПИЛОГ

С начала войны я веду для харьковских клоунов супервизии. Раз в месяц мы созваниваемся, и клоуны рассказывают, где они сейчас, как выглядит их жизнь, с какими вызовами в работе они столкнулись. После двух с половиной лет войны крупным планом кажется, что уже привык ко всему.

Супервизия проходит на фоне возобновившихся частых и страшных обстрелов Харькова. В соседние дома уже были прилёты, а собираться на выход в больницу приходится под вой воздушной тревоги.

«Мой клоун наконец стал свободен. Завтра меня могут убить, поэтому я позволяю себе делать то, что хочу. Внутренний критик заткнулся».

Ира

«Бывает, когда я работаю клоуном, я забываю про антидепрессанты. Они мне как будто больше не нужны».

Таня

«Я боялась смеяться. Боялась признавать смешной эту страшную абсурдность войны. Боялась даже говорить об этом. Но война — это и мой опыт! И я имею право делать с ним, что мне вздумается. Играть и смеяться над ним.
Знаете, я впервые с начала полномасштабного вторжения почувствовала себя такой сильной, лёгкой и поэтичной.

*И ещё. Я наконец поняла, что клоун не навязывает игру, а созда-
ёт пространство, в которое человек может зайти, чтобы обо-
греться, оттолкнуться от земли и полететь. И не только человек. Животные, мотыльки и другие существа тоже считаются».*

Олена

* * *

Евгения уехала из Украины и теперь живёт в Англии. Она
недавно написала мне.

*«После начала войны мой сын Алёша перестал играть. А сегодня
проснулся и сказал: "Мама, мне приснилось, что я смотрю на тебя,
а ты вся в чёрном". И мне стало так страшно. Потому что всё,
о чём я думаю: прошу бога, чтобы уберёг мужа и маму. Я бы так
хотела забрать их сюда. Но я не знаю, как им помочь, как Юру
забрать.*
*Что это? Какой-то страшный сон, и мне хочется проснуться, но
я никак не могу. Никак…*
*Пусть там, где ты, всё будет хорошо, безопасно и светло. Я смысл
жизни вижу сейчас лишь в том, чтобы был мир, чтобы близкие
были в безопасности, и друзья счастливы».*

* * *

Я прикоснулся к горю, но не обжёгся: у меня есть Мистер
Робин.

Андрій Бульбенко, Марта Кайдановська
СИДИ Й ДИВИСЬ
Максим Бородін В КІНЦІ ВСІ СВІТЯТЬСЯ
Олег Ладиженський БАЛАДА СОЛДАТІВ.
Вірші воєнних часів
Олег Ладыженский БАЛЛАДА СОЛДАТ.
Стихи военных дней
Александра Крашевская
КОЛЫБЕЛЬНАЯ ПО МАРИУПОЛЮ.
Предисловие Линор Горалик
Ольга Гребенник ВОЕННЫЙ ДНЕВНИК
Андрей Краснящих БОГ ЕСТЬ +/–
Мария Галина НИНЕВИЯ
Предисловие Марка Липовецкого
Борис Херсонский POST PRINTUM
Ирина Евса ДЕТИ РАХИЛИ
Александр Кабанов СЫН СНЕГОВИКА
Юрий Смирнов РЕКВИЗИТОР
Алексей Никитин ОТ ЛИЦА ОГНЯ
Сборник современной украинской поэзии
ВОЗДУШНАЯ ТРЕВОГА
Валерий Примост ШТАБНАЯ СУКА
Анатолий Стреляный ЧУЖАЯ СПЕРМА
Артём Ляхович ЛОГОВО ЗМИЕВО

Серия «Отцы и дети»
Иван Тургенев ОТЦЫ И ДЕТИ.
Предисловие Александра Иличевского
Лев Толстой ХАДЖИ-МУРАТ.
Предисловие Дмитрия Быкова
Александр Пушкин, Тарас Шевченко, Николай
Карамзин, Евгений Баратынский, Михаил Лермонтов,

Григорий Квитка-Основьяненко БЕДНЫЕ ВСЕ.
Предисловие Александра Архангельского
Александр Грин БЛИСТАЮЩИЙ МИР.
Предисловие Артёма Ляховича
Михаил Салтыков-Щедрин
ИСТОРИЯ ОДНОГО ГОРОДА.
Предисловие Дмитрия Быкова

Серия «Крафт»
Ксения Букша МАЛЕНЬКИЙ РАЙ
Илья Воронов ГОСПОДЬ МОЙ ИНОАГЕНТ
Михаил Сегал ГУМАННОЕ ПРОЩАНИЕ
Константин Куприянов НОВАЯ РЕАЛЬНОСТЬ

Серия «Лёгкие»
Иван Филиппов МЫШЬ
Сергей Мостовщиков, Алексей Яблоков
ЧЕРТАН И БАРРИКАД.
Записки русских подземцев
Елена Козлова ЦИФРЫ
Иван Чекалов, Василий Тарасун
БАКЛАЖАНОВЫЙ ГОРОД, или Бутылочные эпизоды
Валерий Бочков БАБЬЕ ЛЕТО
Юрий Троицкий ШАТЦ

Детская и подростковая литература
Александр Архангельский ПРАВИЛО МУРАВЧИКА
Сборник рассказов для детей 10–14 лет
СЛОВО НА БУКВУ «В»
Шаши Мартынова РЕБЁНКУ ВАСИЛИЮ СНИТСЯ
Shashi Martynova BASIL THE CHILD DREAMS.
Translated by Max Nemtsov
Алексей Шеремет СЕВКА, РОМКА И ВИТТОР

Людмила Штерн БРОДСКИЙ: ОСЯ, ИОСИФ, JOSEPH

Людмила Штерн ДОВЛАТОВ — ДОБРЫЙ МОЙ ПРИЯТЕЛЬ

Илья Бер, Даниил Федкевич, Н.Ч., Евгений Бунтман,
Павел Солахян, С. Т. ПРАВДА ЛИ.
Послесловие Христо Грозева

Серия «Февраль/Лютий»

Андрей Мовчан ОТ ВОЙНЫ ДО ВОЙНЫ

Светлана Еремеева МЁРТВОЕ ВРЕМЯ

**** ******* У ФАШИСТОВ МАЛО КРАСКИ

Сборник эссе НОСОРОГИ В КНИЖНОЙ ЛАВКЕ

Сергей Шелин ЗАНИМАТЕЛЬНАЯ РОССИЯ. 228 ОТВЕТОВ

Серия «Кода»

Андрей Козырев ЖАР-ПТИЦА

Нина Хрущёва ХРУЩЁВ. Полная авторская версия

Серия «Версии»

Михаил Крутихин ИГРА В РЕВОЛЮЦИЮ.
Иранские агенты Кремля

Хаим Бен Яков ЧЕМОДАН, ВОКЗАЛ, ИЗРАИЛЬ.
К истории антисемитизма в СССР.
Вступительное слово Тамары Эйдельман.
Предисловие Давида Маркиша

Серия «Не убоюсь зла»

Натан Щаранский НЕ УБОЮСЬ ЗЛА

Илья Яшин СОПРОТИВЛЕНИЕ ПОЛЕЗНО

Выступления российских
политзаключённых и обвиняемых
НЕПОСЛЕДНИЕ СЛОВА

Илья Шакурский ЗАПИСКИ ИЗ ТЕМНОТЫ

Серия «Документы века»
1000 NAMES. A LIST OF POLITICAL PRISONERS IN RUSSIA

Серия «Учебники рассеянных»
Дмитрий Быков СТРАШНОЕ. ПОЭТИКА ТРИЛЛЕРА